이은미,
맨발의 디바

이은미,
맨발의 디바

세 상 에 서 가 장 짧 은 드 라 마

문학동네

착하게 살자

━━

마흔이 되면서부터 화낼 일이 별로 없어졌다. 한때 '호랑이'라 불렸을 정도로 지난날의 나는 누가 보아도 뾰족하게 날이 서 있었다. 예전에는 누구도 범접할 수 없을 만큼 강해져야, 아니 강해 보여야 한다고 생각했다. 아마 그런 태도가 내 음악을 지킬 수 있는 유일한 길이라 믿었던 것 같다.

격정으로 어지러웠던 스무 살, 치열했던 서른 즈음을 지나 어느덧 마흔을 넘긴 나는 다행히 많이 강해졌다. 내 몸 위에 날카롭게 돋아 있던 가시가 사라지고, 보드라운 잎사귀가 새로 솟아나는 것을 느낀다. 음악 안에서, 또 음악하는 사람들에게서 얻은 기쁨 덕분에 조금씩 바뀐 것이다. 자연스레 내 음악은 좀 더 친절해졌고, 내 성격도 좀 더 원만해졌다.

언젠가 공연을 마치고 무대에서 내려오는데 불현듯 '아, 난 정말 행복한 사람이구나!' 하는 생각이 들었다. 열정만 넘치던 어린 시절엔 그저 음악이 좋아서 무대에 섰다. 내가 좋아하는 음악을 하고, 그 사랑을 표현할 수 있는 무대가 있다는 사실이 마냥 기쁘기만 했다. 세월이 흘러 한 뼘 정도 성숙한 다음 바라본 무대는 그 의미가 사뭇 달랐다. 무대 위에서 노래를 부르는 내 모습보다, 나를 한결같은 눈길로 바라봐주는 관객들이 먼저 눈에 들어오기 시작한 것이다. 이제 나는 안다. 무대의 진정한 주인공은 내가 아니라 그들이라는 것을. 내 음악을 사랑해주는 이들이 있기에 무대에 오를 수 있음을 새삼스레 깨닫자, 내가 얼마나 행복한 사람인지 사무치게 느껴졌다. 이 행복을 지키고 싶었다.

스무 해가 넘는 긴 시간 동안 소리 위를 걸어오며 나는 때로 혹독한 외로움을 맛보았다. 내 모든 것을 온전히 전할 수 있는 완벽한 무대를 만들기 위해 마지막 숨소리까지 혼을 싣고자 했고, 내가 원하는 소리를 내기 위해 '다시'를 수천 번도 넘게 외쳤다. 또 많은 이들이 행복하게 음악을 할 수 있는 세상을 꿈꾸며 미약하나마 나의 작은 외침도 멈추지 않았다. 그 시간들을 겪으며 내 곁을 스쳐 지나간 수많은 이야기들이 나란 사람을 자꾸 다듬고 깎아 둥글게 만들어주었다. 덕분에 지금의 나는 세상을 편안하게 받아들이는 여유를 갖게 되었다. 음악과 더불어 착하게 살 수 있는 내면의 힘이 생긴 것이다.

"나, 나이가 들면서 점점 착해지는 것 같아."

사람들에게 종종 이런 우스갯소리를 하기도 하지만, 마냥 그렇지만도 않다. 나이가 들면 세상을 향해 세운 각이 닳는다고들 말한다. 이는 달리 해석하면 세상과 둥글게 어울릴 줄 알게 된다는 뜻이기도 하다. 한층 더 넉넉한 사랑을 품을 수 있는 탄력도 생긴다. 이는 타협과는 다른 이야기다. 오랜 경험은 새로운 상황을 수용하는 폭을 넓혀준다. 슬픔과 기쁨 등의 감정을 다스리는 것 역시 살아갈수록 조금 더 수월해진다. 예전 같으면 자리를 박차고 일어났을 일에도 요즘 나는 호흡을 고르며 기다린다. 그러면 상대의 입장이 눈에 들어온다. 특히 여러 사람들과 함께 작업을 하는 경우, 다른 사람의 방식이 마음에 들지 않아도 쉽게 화내지 않는다. 나의 노력뿐만 아니라 그들의 노력도 소중하고 가치 있다는 것을 잘 알기에, 나로 인해 누군가가 불이익을 당하거나 상처받는 일이 없게 하고 싶다.

물론 타고난 천성은 어쩔 수 없어서, 여전히 음악에 관해서는 쓴소리를 멈출 수 없다. 상대가 좋아하든 싫어하든, 나는 꼿꼿한 선생 역을 자처하며 때로는 조곤조곤, 때로는 눈물이 쏙 빠질 정도로 매서운 조언을 아끼지 않는다. 물론 그 쓴소리 뒤엔 언제나 듣는 사람에 대한 애정이 깔려 있다. 그들이 올바른 방향으로 에너지를 사용한다면 지금보다 한층 더 발전할 것이라 믿기에 당장은 입에 쓸지언정 미래를 위해 그 조언들을 달게 삼켜주기를 바랄 뿐이다.

이 책을 쓰면서 수십 번도 더 '착하게 살자'며 되뇌었다. 20년 가까이 덮어둔 상처를 꺼내보거나, 불과 몇 달 전의 일을 찬찬히 떠올리면서 불쑥불쑥

화가 나기도 했다. 하지만 그 화는 결국 더 착하게 살지 못한 나를 향하는 것임을 알기에 결국엔 다시 또 '착하게 살자'며 나를 다독인다.

내 뜻을 굽히느니 부러지겠다는 소신으로 지켜온 나의 음악도 이제는 세상에 부드러운 모습을 내보이고 싶다고 말하는 것 같다. 나는 아직 멀었다. 세상과 제대로 소통하는 법을 더 배워야 하고, 나의 서툰 방식이 오해를 받더라도 웃을 수 있도록 마음에 푹신한 쿠션을 더 깔고 싶다.

2011년 겨울
이은미

차례

———————— Prologue_ 착하게 살자 ▸▸ 4

01
음악,
내게 이름을
주다

가수가 꿈이었나요? ▸▸ 14
신촌에 괴물이 나타났다! ▸▸ 20
5집 가수 같은 신인 가수 ▸▸ 25
사람에게 상처받고 사람에게 위로받다 ▸▸ 29
내가 지금 무슨 짓을 한 거야? ▸▸ 35
어느덧, 500회 공연 ▸▸ 40
나는 지금 어디에 있는 걸까? ▸▸ 48
그럼에도 음악이다 ▸▸ 53

———————— 나는 소리 위를 걷는다 ▸▸ 64

02
음악,
세상을 바라보는
눈

음악은 분석하는 것이 아니고 즐기는 것이다 ▸▸ 72
좋아하고 잘하는 것을 하면 안 되나? ▸▸ 77
우리 음악으로 소통해요 ▸▸ 82
선생은 방향키 역할만 하면 된다 ▸▸ 87
왜 달걀로 바위를 치냐고요? ▸▸ 93

———————— 나의 무대는 내가 만든다 ▸▸ 101

03 음악,
사랑이고
희망이다

내겐 최고도, 최악도 없다 ▶ 118
당신과 함께해서 참 행복해 ▶ 122
자연스러운 것이 아름답다 ▶ 131
칭찬은 호랑이도 춤추게 한다 ▶ 137
사람 안에 희망이 있다 ▶ 143
가을 유서 ▶ 150

04 음악,
그 안에
꽃이 있다

고치고 다듬으면 나도 가수? ▶ 158
음악, 꿈일 때가 좋은 거야 ▶ 167
나를 일깨우는 소중한 일상들 ▶ 171
나보다 잘할 수는 있어도 나처럼 할 수는 없다 ▶ 180
조급할 필요 없다 ▶ 187
마돈나가 왜 마돈나인 줄 알아? ▶ 194
예술가는 돈을 따지면 안 된다? ▶ 200
4분의 드라마를 위하여 ▶ 207
프로 음악가로 산다는 것 ▶ 214

Epilogue_ 음악과 함께 새긴 주름 ▶ 222
Diva's musician ▶ 226

Diva

01
음악,
내게 이름을
주다

음악이 좋아서, 미쳐서 걷다 보니 어느새 스무 해가 훌쩍 지났다.

나는 오늘도 그 세월에 하루를 얹고, 또 내일을 채워갈 것이다.

내게 이름을 주고 무대를 선사한 음악이 늘 고맙다.

우연의 조각들이 모여 운명을 만든다고 한다.

우연히 시작한 음악이 나를 여기까지 오게 한 것을 보면
한 편의 기묘한 이야기가 따로 없다.
무수한 우연과 행운에 나는 늘 감사한다.

나는 정말 운이 좋은 사람이다.

가수가 꿈이었나요?

———

음악이 좋았다. 엄마의 등에 업히면 들려오는 심장 박동이 어린 마음을 평온하게 했고, 언니의 낡은 전축에서 흘러나온 낯선 멜로디가 나를 설레게 했다.

"어렸을 때부터 가수를 꿈꾸셨나요?"

인터뷰를 하다 보면 가끔 이런 질문을 받는다. 하지만 글쎄다. 가수가 꿈이었던 때가 있었던가 싶다. 기억도 나지 않는 삶의 첫 순간부터, 음악은 내 생활이었고, 음악 하나로 나는 충분히 행복했다.

나이 차가 많이 나는 언니와 오빠를 둔 덕분에 나는 아주 어릴 때부터 팝송을 접했다. 노랫말은 알아듣지 못했지만, 멜로디가 어찌나 곱던지 책을 볼 때도 인형놀이를 할 때도 나는 늘 노래를 흥얼거렸다. 그 무렵의 가요는 요즘 식으로 부르자면 '성인가요'라 할 수 있는 것들이 대부분이었고, 지금처럼 인기가 많지도 않았다. 우리 집에서도 늘 팝송이 흘러나왔고, 어린 나이에도 웬만한 곡은 따라 불렀던 기억이 난다.

초등학교 시절, 나는 중학생이 되기만을 손꼽아 기다렸다. 그래야 영어를 배울 것이고, 영어를 배워야 그 고운 멜로디에 실린 노랫말의 의미를 알게 될 테니 말이다. 중학생이 되면서 더 이상 언니, 오빠의 어깨 너머로 듣는 것에 멈추지 않고 스스로 음악을 찾아 들었다. 황인용 씨가 진행하던 〈영 팝스〉를 놓치지 않기 위해 라디오 앞을 사수했고, 용돈을 모아 음반을 사기 시작했다.

학창 시절 나의 꿈은 특수학교 교사가 되는 것이었다. 청소년 봉사단체에서 활동하면서 나는 세상엔 버려진 아이들이 너무 많다는 것을 알게 됐다. 넉넉하지 않은 살림에도 화목했던 우리 가족의 모습을 떠올리면 보육원의 아이들이 측은하고 안타까웠다. 늘 아이들에게 뭐라도 나눠주고 싶었다. 청소를 돕고 공부를 가르쳐주는 것 외에도 마음이 담긴 뭔가를 선물하고 싶었다. 친구들은 1년에 두세 번 정도 아이들에게 노트나 연필, 과자 등을 선물하곤 했지만 나는 그럴 형편이 못 됐다.

어느 날, 궁리 끝에 입고 있던 스웨터를 풀어 목도리와 모자를 짜기 시작했다. 몇 날 며칠이 걸려 마침내 목도리와 모자를 다 만들어 예쁘게 포장한 다음 두근거리는 마음으로 아이들을 찾아갔다. 하지만 이내 선물을 서로 갖겠다며 싸우는 아이들을 보며 내 생각이 얼마나 짧았는지 깨달았다. 내 스웨터가 모든 아이들을 감쌀 정도로 크고 넉넉했다면 얼마나 좋았을까. 어설픈 성의가 아이들의 가슴에 상처 하나를 더한 것 같아 내내 마음 한구석이 아렸다.

나는 계속 뜻이 맞는 친구들과 함께 보육원 봉사에 이어 영아원 봉사까지 하기 시작했다. 그곳에서 버려진 아기들, 몸이 불편한 장애아들을 만났다. 도저히 이해할 수 없는 현실에 분노했지만 내가 할 수 있는 일은 기껏해야 한 달에 한두 번 그들을 찾아 작은 손길을 나누는 것밖에 없었다.

'내가 이 아이들을 위해 할 수 있는 일이 없을까?'

오랜 생각 끝에 특수교육학과로 진학해 특수학교 교사가 되기로 결심했다. 체계적이고 전문적인 지식을 갖추어 아이들을 가르치고 돌보고 싶었던 것이다. 고등학교 때였지만, 행여나 값싼 동정 혹은 나의 자존감을 높이기 위해 아이들을 돌보려 하는 것은 아닌지 내 마음을 구석구석 들여다보고 자문했던 기억이 있다.

안타깝게도 몸이 이런 꿈을 따라가질 못했다. 멀쩡한 날보다 아픈 날이 더 많았고, 넘어져 다친 곳이 악성 관절염으로 악화돼 학교에 결석하는 일이 잦았다. 결국 대학 입시에 실패한 나는 일을 하며 재수학원에 다녀야 했다. 설상가상, 아르바이트를 하다가 허리를 크게 다치면서 일도 공부도 할 수 없게 되고, 꿈은 자꾸 멀어졌다. 넉넉지 못한 집안 형편에 삼수는 사치였다. 병치레와 좌절로 점철된 스무 살의 고비를 힘겹게 넘기던 나는 점점 자신감을 잃어갔다.

늘 고개를 숙이고 다니던 내가 다시 일어설 수 있었던 것은 음악 덕분이었다. 천만다행으로 음악을 시작하면서 몸과 마음이 놀랍도록 빠르게 회복됐고, 나는 주위 사람들이 "신병을 앓았던 것 아니냐"며 농담 아닌 농담을 할 정도로 변했다.

▶▶

특수학교 교사를 꿈꾸던 내가 어떻게 가수가 되고 소리를 만드는 음악인이 되었을까. 이는 행운이자 운명이었다고 말할 수밖에 없다. 스무 살 무렵, 함께 봉사활동을 다녔던 친구들 중 음악을 좋아하는 이들이 몇 명 있었다. 나는 그들과 어울리며 음악 이야기를 나누곤 했지만, 그들처럼 음악 활동을 하지는 않았다. 특수학교 교사라는 분명한 꿈이 있기도 했지만 내가 감히 음악을 할 수 있으리라고는 상상도 하지 못했기 때문이다.

아르바이트가 없는 날이면 종종 친구들의 공연을 보러 갔다. 사실 공연이라기보다는 학생들의 아마추어 활동에 가까운, 그냥 발표회라고 하는 것이 정확한 표현일 것이다. 그곳에서 나는 새로운 세상을 만났다. 단순히 통기타 정도만 다룰 것이라 짐작했는데, 밴드까지 결성해 제법 그럴듯한 음악을 연주하는 것이 아닌가. 내 친구들이 무대에 서서 관객의 마음을 움직이는 음악을 만들어내는 모습이 신기하고 놀라웠다.

그런 재미난 경험은 처음이었기에 나는 다양한 공연 무대를 찾아가기 시작했고, 이윽고 음악에 푹 빠져들었다. 음악은 잔뜩 웅크리고 있던 나의 마음속 상처를 치유해줬다. 공연장에만 가면 육체의 고통도, 마음의 짐도 잊은 채

환하게 웃으며 음악에 잔뜩 취할 수 있었다.

▸▸

음악의 재미에 빠진 나는 친구들과 신촌의 라이브 카페에도 가끔 들르곤 했는데, 그곳에서 노래도 따라 부르고 늦은 밤까지 시간을 보내는 날이 점차 많아졌다. 그러던 어느 날 기타를 치는 한 선배가 내 목소리가 매력적이라며 관심을 보였다. 흥얼거리며 노래를 따라 부르던 내 목소리가 괜찮았는지 그는 나에게 노래를 해보라는 말을 했다. 그는 진지한 눈빛으로 내가 좋은 보컬리스트가 될 것 같다고 했지만, 내게는 얼토당토않은 소리였다. 나처럼 평범하고 병약한, 게다가 제대로 노래를 불러본 적도 없는 사람에게 무대에 올라보라는 얘기는 황당하게만 여겨졌다. 하지만 선배는 나와 만날 때마다 계속 무대에 서보라며 종용하거나, 너에겐 재능이 있으니 자기 말을 한번 믿어보라며 나를 귀찮게 했다.

결국 나는 얼마간 고민하다 반신반의하며 어떻게 하면 보컬리스트가 될 수 있는지 물어보았다. 선배는 기다렸다는 듯 내게 음반 한 장을 들어보라며 내밀었다. 조지 벤슨의 라이브 실황이 담긴 그 음반에는 〈The greatest love of all〉이라는 멋진 노래가 담겨 있었는데, 선배는 그 곡을 일주일 동안 연습한 다음 내 가능성을 함께 확인해보자는 제안을 했다. 집으로 돌아와 음반을 물끄러미 바라보며 나는 혼자 중얼거렸다.

"정말 내가 보컬리스트가 될 수 있을까? 그게 과연 가능할까?"

그날 이후 나는 혼자 연습에 돌입했다. 노래를 가르쳐주는 곳이 많지 않았던 시절이라 음반이 유일한 선생님이었다. 나는 조지 벤슨을 선생님이라 생각하고 그의 발음, 심지어 호흡 하나조차 놓치지 않으려 노력했다. 처음에는 그를 흉내 내며 불렀고, 그것이 익숙해진 다음에는 내 목소리로 노래를 표현하는 훈련을 했다. 마땅히 노래할 수 있는 곳이 없어서, 방에서 이불을 뒤집어쓴 채 한쪽 귀에만 헤드폰을 대고 조지 벤슨의 소리와 내 소리를 비교해가며 연습을 했다. 노래만 하면 시간이 가는 것도, 힘든 것도 몰랐다. 일단 시작하면 온몸이 땀으로 흥건히 젖도록 노래를 불렀다. 참 이상한 일이었다. 살면서 그토록 뭔가에 몰두하고 빠져든 것은 난생처음이었다.

그렇게 일주일을 보낸 뒤, 나는 신촌의 한 라이브 카페에서 노래를 불렀다. 내 나이 스물하나, 우연처럼 운명처럼 그렇게 첫 무대에 섰다. 노래를 시작하자 관객들이 하나둘 대화를 멈추고 무대에 집중하기 시작했다. 사람들의 눈과 귀가 모두 나를 향하고 있었다. 숨죽인 채 노랫소리에 집중하던 사람들은 내가 노래를 마치자 약속이라도 한 듯 자리에서 일어나 박수를 보냈다. 벌써 20년도 훌쩍 넘은 이야기지만, 나는 그날 코끝에 감돌던 매캐한 흥분의 냄새를 잊지 못한다.

우연의 조각들이 모여 운명을 만든다고 한다. 우연히 시작한 음악이 나를 여기까지 오게 한 것을 보면 한 편의 기묘한 이야기가 따로 없다. 무수한 우연과 행운에 나는 늘 감사한다. 나는 정말 운이 좋은 사람이다.

신촌에 괴물이 나타났다!

스물한 살, 살면서 처음으로 가출을 감행했다. 아버지와의 갈등이 원인이었다. 내가 음악을 하는 것을 아버지는 몹시 반대하셨다. 자식들에겐 더할 나위 없이 자상한 아버지가 그렇게 노여워하시는 모습은 처음 봤지만, 이미 음악을 접기엔 늦은 상태였다. 어머니의 눈물 어린 회유에 결국 며칠 만에 집으로 돌아갔지만, 이후로 오랫동안 아버지와 나 사이에는 냉랭한 기운이 가시지 않았다. 아버지와 부딪치는 것을 최대한 피하기 위해 밥도 따로 먹고, 아버지가 외출하신 다음에야 방에서 나왔다. 불편하기 짝이 없었지만, 뜻을 굽힐 수도 없으니 어쩔 수 없는 노릇이었다.

▸▸

첫 공연 이후 신촌의 라이브 카페에서 노래를 부르게 되었고, 무대는 내게 새로운 세상을 열어주었다. 그렇게 좋아하던 음악을 내가 할 수 있다는 사실도 놀라웠지만, 무엇보다 음악을 통해 나를 보여줄 수 있다는 것이 기뻤다. 나를 모르는 사람들이 내 노래를 들으면서 칭찬과 환호를 보냈고, 나를 찾으며 내 음악을 기다리는 이들도 늘어났다. 나란 사람에게 처음으로 어떤 의미를 부여해준 음악을 놓을 수는 없었다.

무엇보다 비로소 뭔가 해낼 수 있을 것 같은 기대감, 성취감 그리고 자부심에 하루하루 가슴이 뛰었다. 곡을 정하고, 해석하고, 연습을 거듭한 다음, 마침내 그 곡이 내 것이 되었을 때의 기쁨은 세상 무엇과도 바꿀 수 없었다. 굶어도 배가 고프지 않았고, 아르바이트도 전혀 힘들지 않았다. 아버지와의 불편한 관계조차 감수할 정도로 나는 즐겁기만 했다. 마음이 편해지면서 몸도 함께 좋아졌다. 1년이 넘도록 나를 괴롭히던 허리 통증도 언제 그랬냐는 듯 나아졌고, 대학 진학에 대한 미련도 자연스레 정리되면서 음악에 더욱 집중할 수 있었다.

그때까지만 해도 프로 음악가가 되겠다는 거창한 꿈은 없었다. 그저 부르고 싶은 노래가 계속 늘어나고, 그 노래를 부르는 나를 상상할 때 일렁이는 흥분이 신기했을 뿐이다. 화성학을 배우며 새로운 지식을 쌓고, 수많은 음악을 들으며 꾸준히 공부를 했다. 내 안에 음악이 차곡차곡 쌓여가는 것이 느껴질 때마다 뿌듯했다. 나는 이제 더 이상 고개 숙인 채 걷는 우울한 소녀가 아니었다.

▶▶

라이브 카페에서 공연을 거듭할수록 내 이름이 사람들의 입에 오르내리는 횟수도 점점 늘어났다. 특히, 신촌 일대에서 라이브 공연을 하는 음악인들 사이에서 나는 '괴물'로 통할 정도로 존재감을 키워갔다.

그렇게 6개월이 지나자 누군가 나를 찾아왔다. '신촌블루스'의 엄인호 선배였다. 그는 나에게 "잘 다듬으면 터질 것 같은 느낌이 있다"며 신촌블루스의 객원 보컬리스트로 활동해보라는 제안을 해왔고, 나는 별 고민 없이 받아들였다. 신촌블루스처럼 훌륭한 팀과 음악을 하다 보면 배울 점이 많을 것이라는 기대가 컸기 때문이다.

신촌블루스 활동은 라이브 카페에서 노래를 부르던 때와는 사뭇 달랐다. 프로로 활동하고 있는 선배들 곁에서 어깨너머로 많은 것을 배웠고, 다른 세상에 온 듯했다. 음악을 레코딩하는 과정이 얼마나 복잡하고 신경 써야 할 것들이 많은지도 알게 됐다. 그 험난한 과정을 지켜보면서 세상에 나온 모든 음반은 하나하나 존중받을 가치가 있다는 것, 음악가들에게 얼마나 큰 의미를 갖는지 깨달았다. 신촌블루스 활동을 하면서 비로소 음악으로 수입이 생겼다. 좋아하는 음악을 하며 돈을 번다는 것은 적어도 경제적 이유로 음악을 놓지 않아도 된다는 것이기에, 아르바이트를 하며 버는 돈과는 완전히 의미가 달랐다. 잘한다는 칭찬을 받으며 버는 돈인 만큼 스스로를 대견하게 여기는 마음도 컸다. 당시 나는 첫 백업 보컬을 하며 당돌하게도 제법 큰 보수를 요구했다. 정확한 액수는 기억나지 않지만 당시 A급 아마추어 보컬리스트가 라이브 카페에서 한 달 동안 일해서 받는 정도의 금액이었다.

처음으로 선배 가수의 백업 보컬을 하고 돈을 받은 날, 나는 아버지께 드릴 청주 한 병과 어머니께 드릴 내의 한 벌을 샀다. 그리고 차비와 음반 구입비 등으로 사용할 용돈 약간을 제외한 나머지를 모두 아버지께 드렸다.

"아버지, 제가 노래를 해서 처음으로 번 돈이에요."

여전히 등을 돌리신 상태였지만, 최소한 화를 내지 않는 것만으로도 아버지의 마음이 전해졌다. 희망이 보였다. 음악과 더불어 열심히 살아가는 모습을 보여드리면 아버지도 언젠가 내 삶을 인정해주실 것이란 믿음이 생긴 것이다.

▸▸

신촌블루스에서 활동하면서 나는 점점 음악적으로 성장하려면 언젠가는 홀로서기를 해야 한다는 생각을 하게 됐다. 신촌블루스의 객원 가수로 노래하면서 내 목소리는 솔리스트에 적합한 것 같다는 판단이 섰다. 멜로디가 좋은 음악들을 선호하는 내게 팀보다는 솔로가 맞는 것 같았다.

한창 그런 고민에 빠져 있던 내게 '시인과 촌장'의 하덕규 선배가 왜 음반을 내지 않느냐고 물어왔다.

"저 아직 멀었어요. 한참 더 연습해야 해요."

나는 정색을 하며 말했다. 그때만 해도 나는 프로 음악가가 되어 음반을 내려면 사라 본처럼 뛰어난 실력을 갖춰야 한다고 여겼다.

사라 본의 목소리를 처음 들었던 순간을 잊지 못한다. 그녀의 음악을 들으며 내가 얼마나 자만했고 착각에 빠져 있었는지 소름이 끼칠 정두로 실감했다. 보컬리스트로서 사라 본은 완벽했다. 풍부한 성량, 좋은 음색, 긴 호흡, 게다가 기술적인 면도 유려했다. 음색이 개성적이면 표현력이 떨어지거나 그 밖에 단점 두어 가지는 있기 마련인데, 그녀에게는 아무리 찾아봐도 단점이 보이지 않았다. 사라 본의 음반이 나온 시기의 음향이나 녹음 기술을 고려해보면 지금보다 한참 떨어졌을 때, 오히려 가수가 가진 소리가 적나라하게 드러난다. 그렇기에 사라 본의 소리가 얼마나 견고한지, 내가 갈 길이 얼마나 먼지 뼈저리게 느껴졌다. 사라 본의 매력에 푹 빠지면서 나는 계속 모자란 자신에게 끊임없이 채찍질을 하고 있었다.

그런 나에게 하덕규 선배는 음반은 그 뮤지션이 지금 어디에 서 있는지 보여주는 척도일 뿐, 완벽할 필요는 없다며 이런 말을 했다.

"완벽한 음반이란 있을 수 없어. 최선을 다해도 결국엔 늘 모자라고 아쉽거든. 100퍼센트 마음에 드는 음반을 만들겠다고? 여든 살이 넘어서야 음반 낼래?"

선배의 충고에 나는 할 말을 잃었다. 더 늦기 전에 시작해야겠다는 판단이 섰다. 내친김에 슬쩍 고민을 털어놓았다.

"그럼, 솔로 음반을 내야 할까요?"

"그래, 너는 솔리스트가 더 어울려."

그날의 짧은 대화 덕분에 나는 오랜 고민에 마침표를 찍을 수 있었다. 마침내 솔리스트로서 첫발을 내딛게 된 것이다.

5집 가수 같은 신인 가수

———

"60퍼센트는 절대 건드리지 마세요. 그 안에는 내가 하고 싶은 음악을 담을 거예요. 그걸 지켜줄 수 없다면 저는 여러분과 함께 작업할 수 없습니다."

내 첫 음반을 맡을 기획사가 정해졌을 때, 나는 가장 먼저 이렇게 선언했다. 신인 가수가 '열 곡 중 여섯 곡은 내 것이니 절대 건드리지 마라. 대신 나머지 네 곡은 내가 너희에게 맞춰주겠다'며 선심 쓰듯 말한 것이다. 예상대로 그들은 애송이에 불과한 내 말에 어이없어했지만 솔직히 그것도 내 입장에선 많이 양보한 것이었기에 더 이상의 타협은 있을 수 없었다. 이렇게 확고한 의지를 갖고 시작했어도, 작업 과정은 내내 전쟁 같았다.

▶▶

기획사 제작진은 그런 나에게 '5집 가수'라는 별명을 붙여주었다. 좋게 해석하면 음악에 대한 고집이 남다르다는 뜻이었고, 나쁘게 해석하면 그만큼 건방이 하늘을 찌른다는 의미였다. 나는 그 별명이 그리 싫지 않았다. 나를 '5집 가수'로 보는 한, 적어도 그들이 나와 내 음악을 함부로 대하지는 못할 것임을 알았기 때문이다.

데뷔 음반을 녹음할 땐 너무 힘들어 가끔은 '그냥 기획사가 원하는 대로 가버릴까' 하는 생각을 하기도 했다. 그러면 적어도 그들과 싸우며 에너지를 낭비하지 않아도 될 테니 말이다. 아무리 그래도 난 내 고집을 꺾을 수 없었다. 더 치열하게 내 음악을 좌지우지하려는 이들과 싸웠다. 덕분에 1집은 연습하는 데만 1년이 걸렸고, 원하는 사운드를 녹음하기 위해 캐나다까지 다녀왔다. 당시로서는 무척 드문 일이었다.

나를 가수 이은미로 새롭게 탄생시킨 노래 〈기억 속으로〉는 처음엔 미디엄 템포의 R&B 리듬으로 편곡되어 있었다. 하지만 아무리 들어도 어울리지 않는 조합이란 느낌이 들어 결국 그 곡을 작사, 작곡한 문창배 씨를 만나 이야기를 나눴다.

"이 노래의 멜로디와 노랫말은 R&B 리듬과 어울리지 않는 것 같아요."

선뜻 동의하지 않는 그에게 나는 케니 로긴스의 〈Only A Miracle〉이라는 곡을 들려주며 〈기억 속으로〉의 오케스트레이션을 이런 식으로 해보자고 계속 설득했다. 신인 가수가 작곡가에게 노랫말과 리듬이 어울리네 마네 운운하는 것이 얼마나 어처구니없는 태도인지 모르는 바 아니었지만, 내 뜻을 굽힐 수 없었다. 당시 문창배 씨가 나처럼 신인 작곡가였기에 가능한 일이었는지 모르겠지만, 어쨌든 그는 내 의견을 존중해주었고 그렇게 탄생한 〈기억 속으로〉는 많은 이의 기억 속에 오래 사랑받는 곡으로 남았다.

끝이 좋으면 다 좋다는 말이 있듯이, 고생 끝에 탄생한 1집 음반이 큰 성공을 거두자 기획사 측도 자연스레 내 뜻을 존중해주었다. 결정권도 대부분 내게 넘겨주었다. 내가 고집을 부려 선택하고 탄생시킨 작품들이 좋은 결과를 낳았으니 거부할 이유가 없었던 것이다.

▸▸

음악을 작업하는 과정에서 가장 어려운 것은 소리와 관련된 부분이다. 음악은 소리로 전하는 예술이다. 소리를 녹음할 때는 장비가 정말 중요하다. 앰프만 봐도 파워가 클수록 사용할 때의 유동성이 늘어난다. 파워가 큰 앰프로 볼륨을 낮춰 듣는 것과 파워가 적은 앰프로 볼륨을 높여 듣는 것은 소리의 질이 다르다. 마이크도 마찬가지다. 어떤 마이크를 사용하느냐에 따라 소리의 폭과 깊이가 달라진다. 음악가들이 혼신의 힘을 다하여 연주를 해도 사운드 장비가 그 소리를 제대로 잡아내지 못한다면 얼마나 안타까운 일인가.

나는 완벽한 소리를 만들고 싶었다. 그래서 신인 가수가 5집 가수인 양 사운드 엔지니어한테 이러쿵저러쿵 끊임없이 요구를 해댔다. 그러다 보니 건방지다는 소리도 종종 들었다. 내가 데뷔했던 무렵, 가수는 '노래만 부르는 사람'으로 치부됐다. 가수가 사운드 등 노래 외의 것에 관여할라치면 "어디서 신인 따위가!"라는 반감을 사곤 했다. 마음이 상하는 것은 그렇다 쳐도, 음악에 대한 내 열의를 따라오지 못하는 그들의 권위 의식이 싫어서 나 역시 언성을 높인 적이 한두 번이 아니었다. 돌이켜보면 그 또한 미숙해서 일어난 일이었다. 소리에 집중하는 것과 버릇없다는 말을 듣는 것은 전혀 다른 일인데, 그때는 버릇없다는 말을 오히려 훈장처럼 여겼던 것 같다. 음악은 결코 혼자 하는 것이 아니라는 것을 미처 몰랐던 시절이었다.

작곡가, 작사가, 가수, 사운드 엔지니어 등 음악과 관련된 일을 하는 이들은 모두 음악가이며 예술가다. 조금 더 엄격히 따지자면 사운드 엔지니어의 역할은 작곡가나 작사가, 가수, 밴드처럼 일차적으로 음악을 창작하는 사람들을 뒷받침해주는 것이다. 그들의 충실한 뒷받침 없이는 결코 훌륭한 음악이 완성될 수 없다. 때문에 나는 그들이 열정과 책임감을 갖고 음악을 대하길 바란다. 각자의 자리에서 자기 몫을 해내야 이상적인 작품이 나온다. 다행히 지금 나와 함께 작업하는 사운드 엔지니어들이 그런 반응을 보이는 경우는 없다. 최고를 고집하는 음악가로서, 그들은 늘 더 나은 소리를 찾기 위한 고행을 기꺼이 감수한다. 정말 고마운 일이다.

사람에게 상처받고
사람에게 위로받다

"돈 좀 빌려주세요."

3집과 4집을 준비하는 과정에서, 나는 졸지에 엄청난 빚을 짊어지고 여기저기 손을 내미는 신세가 됐다. 믿었던 사람에게 배신을 당한 것도 모자라 그 빚까지 고스란히 떠안았기 때문이다. 1집에 이어 2집도 성공을 거두자 기획사에서는 재계약을 하자고 제안해왔다. 싸우면서 정든다고, 그동안 좋은 음악을 만들기 위해 그들과 티격태격하며 쌓은 정도 만만치 않았던 터라 딱히 거절할 이유가 없었다. 하지만 당시 나에겐 신의를 지켜야 할 또 다른 사람이 있었다. 라이브 카페에 나의 첫 무대를 마련해주었던 기타리스트 선배가 기획사를 차리면서 내 3집과 4집을 제작하고 싶다는 바람을 비쳐왔던 것이다. 고심 끝에 나는 기획사에 미안하다는 말과 함께 재계약 의사가 없음을 전하고, 선배와 함께하기로 마음먹었다. 선배의 회사는 자본도 경험도 부족했지만, 그가 내게 노래를 처음 권했던 날을 떠올리며 그것이 도리라고 여겼다.

▶▶

순수한 마음으로 약속을 했지만, 음반을 제작해주겠다던 선배는 어느 날 갑자기 잠적해버렸다. 3, 4집 제작을 위해 음반사로부터 받은 거액의 선금을 챙긴 채 말이다. 15년 전의 일이지만, 그때를 생각하면 지금도 가슴속 구멍에 바람이 휘몰아친다. 인간적인 배신감보다 무슨 돈으로 두 장의 음반을 제작해야 할지 눈앞이 캄캄했다. 어쩔 수 없이 떠안은 빚은 이후로도 오랫동안 내 어깨를 짓눌렀다.

선금을 지급한 음반사에서는 계속 음반을 제작해달라고 요구했지만, 제작비가 없으니 옴짝달싹도 할 수 없었다. 한 달이 넘도록 불면의 밤이 이어졌고, 6개월 가까이 집 밖에 나가지 못했다. 결국, 이래선 아무것도 해결할 수 없다는 것을 깨닫고 직접 제작비를 마련해보기로 결심했다. 예전에 함께 일했던 공연 기획자들을 찾아다니며 돈을 빌려, 그 돈으로 공연을 하고, 공연 수익으로 빚을 갚는 생활을 반복했다. 끝이 보이지 않는 길을 걸으며 나는 돈의 위력을 뼛속 깊이 절감했다. 그때 나를 믿고 선뜻 돈을 빌려준 이들에 대한 고마움은 말로 다할 수 없다. 특히 공연기획 전문회사 'Live'의 이종현 대표가 준 도움은 결코 잊을 수 없다. 그를 무작정 찾아가 새 음반을 작업하기 위한 자금을 융통해달라고 부탁하자, 뜻밖에도 조건 없이 다음 날 바로 큰돈을 보내준 것이다. 나를 믿고 그런 큰돈을 선뜻 빌려준 것도 고맙고, 내가 그동안 헛살진 않은 듯해 눈물이 왈칵 쏟아질 것 같았다.

공연을 하며 제작비로 빌린 돈을 상환해야 하는 생활이 한없이 이어졌지만, 그건 음악을 포기하지 않는 한 내가 감당해야 할 일이었다. 그렇게 2년이 넘는 긴 시간 동안, 수입이 생기는 족족 빚을 갚느라 내 손엔 항상 식비와 차비 정도만 남았다. 가끔은 분노와 서러움이 노도처럼 밀려와 휘청이기도 했지만 그때마다 나는 음악을 붙잡고, 사람을 붙잡고 버텼다. 가끔은 재즈 피아니스트인 정원영 선배에게 신세 한탄을 하며 눈물을 보이기도 했다. 그때마다 그는 따뜻한 위로와 격려로 나를 붙잡아주었다.

"딱 하나만 생각하자. 너 음악 없이 살 수 있어?"

내가 음악 없이 살 수 있을까. 아무리 생각해도 그럴 자신이 없었다. 음악을 포기한다는 것은 있을 수 없는 일이었다.

▶▶

"네 음반은 내가 책임지마."

어느 날, 디자이너 하용수 선생님이 나를 찾아오셨다. 3, 4집을 제작해줄 레코드사와의 계약 진행은 물론, 제작비까지 지원해주겠다고 하셨다.

사실 '디자이너 하용수'와의 첫 만남은 당혹스러웠다. 그는 대한민국 최고의 의상 디자이너이자 최고의 매니저였고, 연예계의 유명 인사였다. 수많은 배우와 모델 들이 그의 손에 의해 만들어졌고 숱한 연예인 지망생들이 그를 찾아갔다. 그러니 이른바 '언더그라운드 가수'라는 타이틀에 은근한 자부심을 갖고 있던 내게 그의 첫인상이 좋았을 리 만무했다. 그를 처음 만난 것은 가수 유열 선배의 전국 투어 콘서트에서였다. 선배의 공연에 게스트 가수로 서게 됐는데, 투어가 마무리되고 서울에서 앙코르 공연을 하던 날, 하용수 선생님은 유열 선배에게 주려고 준비해온 커다란 꽃다발을 나에게 주셨다. 그는 내가 부른 〈기억 속으로〉와 휘트니 휴스턴의 노래에 감동받았다며 칭찬을 아끼지 않으셨다. 이후에도 가난한 가수인 내게 근사한 무대의상을 만들어주시거나, 좋은 말씀과 더불어 항상 나를 존중해주셨다. 곁에서 그를 직접 겪어본 다음에야 내가 얼마나 잘못된 편견을 갖고 있었는지 알았다. 그는 내가 아는 사람 중 가장 예술적으로 뛰어나고 열정적이며 훌륭한 안목을 가진 사람이었다. 나는 그를 인생의 멘토로 의지하고 따랐다.

안타깝게도 IMF 외환위기로 사업이 어려워져 결국 선생님과 음반을 제작하지는 못했지만, 그 따뜻한 마음은 지금도 또렷이 기억한다. 사람에게 상처받아 만신창이가 된 나를 일으켜 세워준 것도 결국 사람이었다는 이야기다.

▸▸

얼마간의 시간이 더 흐르고, 우여곡절 끝에 나는 다시 음반을 제작할 수 있었다. 녹음 부스 안, 마이크 앞에 서자 이전의 이은미는 더 이상 존재하지 않았다. 마냥 좋아서 음악을 시작했던 철부지는 사라지고 없었다. 기나긴 시련을 겪으며 나 자신뿐만 아니라 내 음악도 휘청거리는 것을 뼈저리게 깨달았기에, 나는 강해져야 했다. 그 누구에게도 휘둘리지 말자고 되뇌며 오로지 음악과 더불어 나아가는 진정한 자유인을 꿈꾸며 음반을 준비했다. 3집 타이틀을 '자유인'으로 정한 이유다. 내가 추구하는 음악을 다양하게 시도하면서 이전에 맛본 적 없는 즐거움을 얻었다. 그렇게 내 3, 4집 음반에는 록, 포크, 블루스 등 여러 장르의 음악이 담겼다.

돌이켜보면, 미움과 아픔은 세월에 닳고 부서져 마음속 뒤안길로 사라졌지만, 고마움은 여전히 뜨겁고 선명하게 남아 있다. 사람이 희망이고 빛이라고 몸소 말해준 소중한 이들에게 미처 전하지 못한 내 마음을 전하고 싶다.

"모두, 정말 고맙습니다."

"딱 하나만 생각하자. 너 음악 없이 살 수 있어?"

내가 음악 없이 살 수 있을까.
아무리 생각해도 그럴 자신이 없었다.
음악을 포기한다는 것은

있을 수 없는 일이었다.

내가 지금 무슨 짓을 한 거야?

내가 가진 모든 것을 다 끄집어내 만든 3, 4집을 세상에 내놓고, 나는 한참 동안 속앓이를 해야 했다. 그저 내 음악을 하고 싶어 만들었던 1, 2집이 연이어 성공했을 때, 나는 기쁘고 설레기보다는 어리둥절하고 의아한 마음이 컸다. 내가 좋아서 만든 음악에 누군가 감동하고 박수를 보낸다는 것이 믿어지지 않았다. 오죽하면 내 음반을 사는 이들을 바라보며 "어떻게 내 노래를 알지?" 하며 고개를 갸웃거렸을 정도다.

막상 내가 대중의 호응과 관심을 원하게 되자, 실망스러울 정도로 미미한 반응이 돌아왔다. 여전히 내 음악에 관심을 가져주는 마니아들은 있었지만, 대중성을 따지자면 3, 4집은 실패작이나 다름없었다. 다양한 음악적 성향을 보여주고 싶었던 내 의지를 사람들은 낯설어했다.

"당신 음악은 너무 어려워."

"너는 '산토끼'를 불러도 노래가 어려워진다."

예전이나 지금이나 내 음악을 두고 주위에서 종종 하는 말이다. 사실 모든 예술은 어렵다. 제대로 이해하는 것도, 흉내 내는 것도 쉽지 않은 게 예술이다. 하지만 공감은 누구나 할 수 있다. 어렵고 쉽고를 떠나 나는 사람들이 내 음악에 공감하고, 내가 노래하고자 하는 것을 어렴풋이 느낄 것이란 기대를 버리지 않았다.

음반 발매 후에도 이어지는 공연과 그 수익으로 빚을 탕감하는 일상을 반복하며 나는 늘 그로기 상태였다. 버텨야 한다는 의지 하나로 그 시간들을 견뎠다. 더군다나 3, 4집을 준비하며 밴드를 구성했던 터라, 멤버들을 지키기 위해서라도 나는 더 열심히 살아야 했다. 힘겨운 시간들을 보내면서 나는 제아무리 험한 산이라 해도 평지가 나타날 때도 있다는 것을 알게 됐다. 4집과 5집 사이에 발표한 리메이크 음반 '노스탤지어'가 제법 좋은 반응을 얻은 것이다. 그중 특히 김광석의 〈서른 즈음에〉가 큰 호응을 얻었다. 음악 선배이자 술친구였던 그가 그리워 부른 노래였는데 오히려 선물을 받은 셈이다. 오랜만에, 아니 사실상 처음으로 음반을 통해 수입이 생겼고, 덕분에 '이은미 밴드'

가 언제라도 연습할 수 있는 공간을 만들 수 있었다.

광석 오빠는 전국투어 공연을 할 때면 나를 게스트 가수로 불러주고, 어려울 때면 남몰래 용돈도 건네주던 따뜻한 사람이었다. 그런 그가 스스로 죽음을 택했던 날, 그 비 오던 밤 신촌의 한 영안실에서 나는 꺼이꺼이 울기만 했다. 요즘도 그의 기일이 돌아오면 김민기 선배가 운영하는 학전소극장에서 그와 함께 음악을 하던 동료들과 김광석을 기억하는 음악회를 연다.

▶▶

'노스탤지어'에 담긴 곡들은 기존의 내 음반과 달리 다른 음악가들에 의해 이미 세상에 나와 좋은 평가를 받은 것들이다. 그 곡들에 나만의 색깔을 입히는 작업은 설레는 동시에 무척 두렵기도 했다. 나 자신부터 음악을 하기 전에 즐겨 듣고 부르던, 그야말로 많은 음악인들의 자양분 역할을 해온 노래들이었기에 부담감이 이루 말할 수 없이 컸다.

가수가 가장 잘할 수 있는 방식으로 표현하면서 원곡의 본래 느낌을 죽이지 않는 것이 리메이크의 기본이다. 작업이 어려운 것은 당연하다. 원래 곡을 불렀던 가수의 창법, 편곡, 진행을 그대로 쓸 수 없는 것은 당연한 일이니, '이은미화'해서 불러야 했다. '노스탤지어'에 담을 곡을 정하는 단계부터 쉬운 일은 하나도 없었다. 120여 곡을 일일이 불러보며 스태프들과 상의하여 나에게 가장 잘 어울리는 곡들을 선별했다.

'노스탤지어'에 담긴 곡 중 〈보고 싶은 얼굴〉은 어렸을 때 엄마의 등을 통해 느꼈던 잔잔한 진동을 떠올리게 해 사랑하게 된 곡이다. 소중한 추억과 겹쳐지는 곡이라 나는 어린 시절의 느낌을 살려 노래를 재해석하려 애썼다. 평소의 내 음역대보다 키를 조금 더 낮춰 부른 것도 그런 이유에서다.

〈그대 내게 다시〉는 내가 신촌블루스에서 나온 후 솔로 앨범을 준비하던 시절에 즐겨 듣던 노래였다. 이 노래를 부른 가수 변진섭의 음색이 참 매력적이고, 물 흐르듯 자연스러운 창법도 아름다웠다. 난 그의 노래를 들을 때마다 내 부족함을 통감하고 그만의 절제된 감정 표현에 감탄한다.

〈안녕 내 사랑〉은 멜로디와 노랫말에 반해 수도 없이 들었던 노래다. 특히 유익종 선배의 애절한 목소리가 좋아서 LP 홈이 닳을 정도로 듣고 또 들었다. 애정이 깊은 곡이었기에 직접 불러보고 싶다는 욕심이 컸고, 그 욕심 이상으로 노력하면 나도 잘해낼 수 있을 것이라는 용기로 덥석 움켜잡았던 곡이다. 유익종 선배의 목소리는 특별하다. 바람에 흔들려도, 무거운 이슬이 맺혀도 절대 끊어지지 않는 거미줄처럼, 부드러운 그의 목소리엔 깊은 애절함이 실려 있다. 그 애절함을 살리기 위해 애썼지만 뜻대로 되지 않았다. 오랜 고민 끝에 나는 결국 코러스 부분의 코드와 멜로디를 조금 바꿔 부르기로 결정했다. 원래 멜로디를 손상시키지 않으면서 나만의 색깔을 덧입히리라 결심했지만, 원곡의 거대한 장벽에 부딪히면 이처럼 우회할 수밖에 없는 경우도 생긴다.

〈사랑, 그 쓸쓸함에 대하여〉도 내겐 무척 각별한 사연이 있는 곡이다. 3, 4집을 녹음하면서 녹음비를 조금이나마 줄여보겠다고 무리하게 노래를 하고, 음반을 발표한 다음에도 빌린 돈을 갚기 위해 쉴 틈 없이 공연을 하다 보니 드디어 몸이 고장나버렸다. 극심한 체력 소모로 병원에 입원을 했고, 몸이 아프니 그간 참았던 설움이 폭발하면서 나는 밑도 끝도 없이 화가 났다. 심지어 음악도 밉고 싫었다. 행복도 주었지만 그에 못지않게 역경을

준 음악을 놓지 못하는 내가 못내 서러웠다.

그렇게 병원에 누워 있던 어느 날, 라디오에서 〈사랑, 그 쓸쓸함에 대하여〉가 흘러나왔다. 기타리스트 이병우 씨가 만들고 양희은 선배가 가사를 쓴 이 노래를 듣다가 눈물이 터져 몇 시간을 울고 말았다. 노래가 흘러나오던 짧은 몇 분, 나는 새삼 음악에 무릎을 꿇고, 다시 일어설 용기를 얻었다. 그래서 이 노래를 리메이크했는데, 지금도 양희은 선배의 절제되고 초월한 듯한 표현이 나의 처절한 표현보다 더 좋았다는 생각을 한다.

▸▸

그 후 7~8년이 지나서 나는 리메이크 음반을 한 장 더 만들었다. 그 노래를 처음 불렀던 선배들에게 누가 되지 않을까 걱정도 했지만, 늘 내 음악에 동기를 부여해주고 나를 성장하게 해준 노래들이었기에 용기를 낼 수 있었다. 한상일 선배의 〈웨딩드레스〉, 조동진 선배의 〈제비꽃〉, 김민기 선배의 〈아름다운 사람〉, 정태춘 선배의 〈떠나가는 배〉, 송창식 선배의 〈밤눈〉 등이 그 노래들이다.

리메이크한 노래 한 곡 한 곡이 각별했던 만큼, 나는 옛 노래들에 내 숨결을 불어넣어 다시 힘차게 세상을 날 수 있는 날개를 달아주고 싶었다. 시시때때로 '내가 지금 무슨 짓을 한 거지?' 하는 생각이 몰려올 정도로 원곡의 거대한 벽 앞에서 마음이 무거웠던 것도 사실이다. 내가 말할 수 있는 것은 단지 옛 노래를 부르며 정말 행복했다는 것뿐이다. 부디 나처럼 많은 이들이 이 노래들을 다시 들으며 짧은 순간이나마 행복을 느낄 수 있기를 간절히 바란다.

어느덧, 500회 공연!

2002년은 내게 뜻깊은 한 해였다. 1집 음반을 낸 지 어느덧 10년이 됐을 뿐만 아니라, 단독 콘서트도 500회를 맞이했기 때문이다. 10년 동안 내 음악을 좋아하는 팬들도 점차 늘어나 꾸준히 공연을 할 수 있었고, '맨발'이라는 이름의 팬클럽도 생겼다. 팬들과 정기적으로 만나곤 했는데, 어느 모임에서 한 팬이 곧 단독 공연 500회를 맞이하는데 특별한 이벤트 계획은 없냐고 물어왔다.

▶▶

첫 번째 음반을 발표했을 때부터 나는 방송보다 공연에 집중하겠다는 생각이 있었다. 거창한 이유나 투철한 음악관이 있어서가 아니다. 방송에서는 공연에서 느끼는 희열을 맛보기가 어려웠기 때문이다. 방송에서는 고려할 것도 많고, 원치 않는 노래를 해야 할 때도 있지만 공연에서는 내 모든 역량을 마음껏 펼칠 수 있다. 방송에 얼굴을 자주 비쳐 나를 좀 더 알려야 했지만, 나는 도통 방송 출연에 재미를 느끼지 못했다. 공연에만 집중하고 싶었고, 공연이 그런대로 흑자를 내기 시작하면서 운 좋게도 전국을 돌며 지속적으로 공연을 해나갈 수 있었다. 공연에 집중하며 음악 생활을 하다 보니 어느새 이은미 하면 공연이라는 등식이 성립될 정도까지 왔다.

500회 공연이 현실로 다가오자 감회가 새로웠다. 계획한다고 가능한 일이 아닌데, 참으로 많은 도시, 많은 무대에서 관객들과 교감하고 울고 웃었던 순간들을 돌이켜보니 놀랍고 신기했다. 500회 기념 공연을 준비하면서 새로운 음반을 준비했는데, 이렇다 할 히트곡이 얼마 없는 상황에서 베스트 음반을 내기가 부끄러웠지만 딱히 붙일 타이틀이 없어 고민 끝에 'Passion: Greatest Hits'라는 이름으로 음반도 발표했다.

500회 기념 공연에는 내가 정말 소중하게 생각하는 인연 다섯 분을 게스트로 초대했다. 한국 재즈의 대모인 박성연 선생님을 모시고 〈서머 타임〉을 듀엣으로 노래했던 무대는 영광스럽고 잊을 수 없다. 박성연 선생님은 신촌블루스 활동을 하던 시절, 대학로의 재즈클럽 '야누스'에서 처음 뵈었다. 밴드 공연도 끝난 늦은 시각에 선생님이 혼자 바에 앉아 계신 것을 보고, 예전부터 흠모하던 분이었기에 용기를 내 인사를 드렸다.

"안녕하세요, 재즈는 아니지만, 선생님처럼 훌륭한 보컬리스트를 꿈꾸는 이은미라고 합니다."

그날의 만남은 지금도 영화의 한 장면처럼 내 기억 속에 남아 있다. 풀리지 않는 과제를 가슴에 안고 있던 당시의 나는 선생님과 대화를 나누며 보컬리스트로서의 삶을 조금이나마 엿볼 수 있었다. 재즈 선율이 흐르던 바에서 우리의 대화는 밤새 이어졌고, 둘 다 사라 본을 좋아한다는 공통점도 확인하면서 이야기는 점점 더 활기를 띠었다.

"나는 다시 태어나도 재즈 보컬리스트가 되고 싶고, 재즈와 결혼을 맞바꿔 사는 삶에 후회는 없다."

선생님의 확신에 찬 말씀은 지금까지 오래도록 내 가슴에 살아 있다.

'나도 그렇게 할 수 있을까? 앞으로 계속 변치 않고 노래하며 살아갈 수 있을까?'

음악을 운명으로 받아들인 선생님과 보낸 그 밤, 나는 음악가로서의 내 운명을 좀 더 확실하게 붙잡을 수 있었다. 지금도 그녀는 재즈클럽 '야누스'를 운영하며, 매일 밤 무대에 오르신다.

▸▸

500회 공연에는 데뷔 시절부터 곁에서 나를 지켜봐준 정원영 선배와 유열 선배, 그룹 '봄여름가을겨울'의 김종진 선배와 전태관 선배가 참여해 축하 공연을 해주셨다. 예전에 어느 갈라 콘서트에서 알게 된 세계적인 하피스트

곽정 씨도 참여해줘서 정말 고맙고 뿌듯하기 그지없는 공연이었다.

거의 매주 공연이 이어지는 나날을 보내면서 나는 차츰 음악에 대한 자신감이 커졌고, 무대가 주는 즐거움을 점점 더 깊이 사랑하게 되었다. 공연을 찾아주는 관객이 늘어나고 횟수도 늘어나면서, 전국 어느 도시를 가도 '이은미 콘서트' 포스터를 볼 수 있었다.

2006년 어느 날, 미국에서 연락이 왔다. 라스베이거스에서 콘서트를 열자는 제의였다. 라스베이거스 힐튼 호텔이라면 엘비스 프레슬리가 800회 이상의 콘서트를 열었던, 미국 음악계에서 유서 깊은 곳이자 당시엔 세계적인 팝 뮤지션 배리 매닐로가 장기 공연을 하고 있는 극장이기도 했다. 그런 곳에서 내게 공연 제안을 하다니 의아했는데, 그쪽에서 우연히 내 500회 공연 DVD를 인상적으로 봤다며 정식으로 초청을 하고 싶다는 것이었다.

놀라운 제안이었고, 나는 그것을 수락했다. 처음에는 한국이라는 작은 나라의, 그리 유명하지 않은 가수를 그런 곳에서 정식으로 초청해 공연을 연다는 것이 비현실적으로 느껴졌다. 가끔씩 라스베이거스에서 열리는 한국 가수들의 공연은 대부분 가수가 극장을 대관하는 형식이라 그 의미는 남달랐다. 윤복희 선배님이나 패티김 선배님이 젊은 날 라스베이거스에서 활동했다는 전설 같은 이야기는 알고 있었지만, 한국 가수가 본인 노래를 자신의 밴드와 함께 공연한다는 것은 처음 있는 일이었다.

기왕 가는 길이니 LA와 샌프란시스코에서 먼저 공연을 하고 라스베이거스로 향했다. 도착하니 호텔 1층에 있는 카지노 홀 곳곳에 달린 대형 스크린에서 내 공연을 알리는 영상이 쉬지 않고 흘러나왔다. 숙소도 호화로웠고, 대기실에는 이곳에서 공연을 했던 세계적인 아티스트들의 사진이 걸려 있었다.

짐짓 여유로운 척했지만 나는 그 어느 때보다 감격하고 흥분해 있었다. 내 공연 전날에 있었던 배리 매닐로의 공연에 가서 호텔 측으로부터 받은 1번 좌석에 앉아 영원히 늙지 않을 것 같은 그의 노래를 즐기기도 했다. 음악 생활을 하면서 좀처럼 느껴보지 못한 짜릿한 순간이었다. 내 공연에는 한국 가수라 그런지 라스베이거스에서 몇 시간씩 떨어져 있는 곳에 사는 교민들도 많이 와주셨다. 게다가 극장 측에서 한국 가수를 직접 초청해 여는 공연이란 소문에 현지인들도 많이 와서 큰 공연장은 관객들로 가득 찼다.

잊을 수 없는 무대였다. 공연을 마치고 무대에서 내려오는데, 신인 시절 인터뷰를 하며 이런 말을 했던 기억이 떠올랐다.

"앞으로 제 노래로 달러도 벌어보고 싶어요."

실제로 그 바람을 이룬 자신이 참 대견해 그날은 내 머리를 쓰다듬어주고 싶었다.

"나는 다시 태어나도 재즈 보컬리스트가 되고 싶고,
재즈와 결혼을 맞바꿔 사는 삶에 후회는 없다."

선생님의 확신에 찬 말씀은 지금까지 오래도록 내 가슴에 살아 있다.
'나도 그렇게 할 수 있을까? 앞으로 계속 변치 않고 노래하며
살아갈 수 있을까?'

─── 나는 지금 어디에 있는 걸까?

마흔 살이 다가오면서 불현듯 자신에게 묻고 싶었다. 나는 지금 어디에 있으며, 어디로 가고 있는지. 내내 가지고 있는 것을 소진시키며 살아왔더니 내가 한 줌의 재가 된 듯했다. 살다 보면 문득 전부라 믿던 것이 거짓이 아닌가 의심될 때가 온다. 음악이 전부라 믿으며 10여 년을 달려왔는데, 음악도 나 자신도 한없이 낯설게 느껴졌다.

2004년 12월 31일, 연말 콘서트가 끝나고 2005년의 첫날을 맞이하는 새벽, 무대에서 내려오며 나는 그대로 주저앉아버렸다. 무대는 언제나 내게 가장 두려운 곳이다. 무대가 주는 긴장감을 견디며 내달린 것이 벌써 몇 년이던가. 몸도 마음도 다 타버리고 아무것도 남지 않은 내가 거기 있었다.

음악과 더불어 살면서 나는 단 한 번도 음악과 내가 별개라고 생각했던 적이 없다. 내 음악은 내 것이고, 음악 안에 내가 녹아 있다고 믿었다. 그런데 문득 나만의 착각 같다는 생각이 밀려온 것이다. 거짓된 삶을 걸어온 것 같았고, 갑자기 길을 잃은 기분이었다. 나중에야 알았는데, 이런 현상을 번아웃Burnout이라 부른다고 한다.

그렇게 완전히 타버린 상태에서 '내가 무슨 영광을 누리겠다고 이렇게 힘들게 작업을 해야 하나'라는 생각이 들기도 하고, 내 모든 시간을 작업실과 무대에서 보내며 음악에 몰두했던 지난날이 허무하고 슬프기도 했다. 음악 안에는 내 자리가 없는 것 같았다. 무엇보다 내가 보이질 않았다. 결국 사람들에게 6개월은 날 찾지 말라고 선언한 채 한동안 집에만 틀어박혀 지냈다.

너무 치열하게 살아온 탓이었을까. 앞만 보고 달려온 후유증이라 치부하기에는 마음이 너무 복잡하고 불안했다. 돌이켜보면 나이에서 오는 절망감도 컸던 것 같다. 마흔이 멀지 않았다는 생각이 드니 덜컥 겁이 나고, 이제 늙는 것밖엔 남지 않았다는 허무함이 순식간에 나를 덮친 것이다. 서른 즈음, 친구들이 나이 드는 것을 슬퍼할 때 나는 그들을 잘 이해하지 못했다. 나이가 들수록 소리도 더 깊어지고 음악도 성장할 테니 두렵지 않았다. 그랬던 내가,

마흔을 앞에 두고 흔들렸던 것이다.

▶▶

　당분간 아무것도 하지 않겠노라 선언했지만, 일주일에 한 번씩 원치 않는 외출을 해야 했다. DMB 라디오의 한 음악 프로그램에서 진행을 맡고 있었기 때문이다. 내 마음이 이리 될 줄 모르고 시작한 방송이었다. 음악 방송의 진행자가 된다는 것만으로도 설레고 좋았던 처음과 달리, 마음이 지옥이 되니 힘겹기만 했다. 특히 음악을 듣는 것 자체가 너무 힘들어서 멘트를 끝내면 곧장 부스 밖으로 나와 멍하니 서 있곤 했다.

　라디오 진행 일도 끝나면서 나는 더욱 우울 속으로 빠져들었다. 칩거에 가까운 생활을 하며 사람들과 단절되는 것은 물론, 음악도 철저히 멀리했다. 부르는 것도, 듣는 것도 모두 싫었다. 아무 일도 없었다는 듯 음악이 다시 나를 잠식할 것 같아 두려웠던 것이다. 그렇게 세상과 완벽하게 멀어져가던 어느 날, 우연히 문태준 시인의 「가재미」라는 시를 읽게 되었다.

　　김천의료원 6인실 302호에 산소마스크를 쓰고 암투병 중인 그녀가 누워 있다
　　바닥에 바짝 엎드린 가재미처럼 그녀가 누워 있다
　　나는 그녀의 옆에 나란히 한 마리 가재미로 눕는다
　　가재미가 가재미에게 눈길을 건네자 그녀가 울컥 눈물을 쏟아낸다
　　한쪽 눈이 다른 한쪽 눈으로 옮아 붙은 야윈 그녀가 운다
　　그녀는 죽음만을 보고 있고 나는 그녀가 살아온 파랑 같은 날들을 보고 있다

좌우를 흔들며 살던 그녀의 물속 삶을 나는 떠올린다

그녀의 오솔길이며 그 길에 돋아나던 대낮의 뻐꾸기 소리며

가늘은 국수를 삶던 저녁이며 흙담조차 없었던 그녀 누대의 가계를 떠올린다

두 다리는 서서히 멀어져 가랑이지고

폭설을 견디지 못하는 나뭇가지처럼 등뼈가 구부정해지던 그 겨울 어느 날을

생각한다

그녀의 숨소리가 느릅나무 껍질처럼 점점 거칠어진다

나는 그녀가 죽음 바깥의 세상을 이제 볼 수 없다는 것을 안다

한쪽 눈이 다른 쪽 눈으로 캄캄하게 쏠려버렸다는 것을 안다

나는 다만 좌우를 흔들며 헤엄쳐 가 그녀의 물속에 나란히 눕는다

산소호흡기로 들이마신 물을 마른 내 몸 위에 그녀가 가만히 적셔준다

울고 말았다. 그동안 억눌리고 서러웠던 나를 보는 것 같아 그만 눈물을 쏟았다. 참았던 설움을 토해내며 나는 울고 또 울었다. 가재미처럼 한쪽 눈이 다른 한쪽 눈으로 옮아 붙어 죽은 듯 누워 있는 병상의 저이가 지금껏 음악밖에 모르고 살았던, 음악을 빼면 아무것도 아닌 나와 닮아서 측은했다. 시를 곱씹을수록 나는 시 속의 화자가 되어 병상에 누워 있는 또 다른 나에게 끝없는 연민을 보내게 되었다. 음악에 미쳐 살았지만, 음악 말고 다른 것은 볼 수 없는 사람이 된 내가 견딜 수가 없었다.

▶▶

    짐을 쌌다. 대충 옷가지만 챙겨 무작정 서울역으로 향했다. 언젠가 후배들과 함께 찾았던 해인사에 가고 싶었다. 나를 움켜쥐고 놓아주지 않는 번민을 내려놓고, 머릿속을 깨끗하게 비우고 싶었다. 행여 누가 알아보기라도 할까봐 모자를 푹 눌러쓴 채, 난 서울역 대합실에서 한참을 멍하니 서 있었다. 10여 년 동안 혼자서 지하철이나 버스를 타본 적이 없었던 나는 기차를 어찌 타야 하는지도 몰랐던 것이다. 분주하게 오가는 사람들 틈에서 뭘 어떻게 해야 하는지, 아무것도 모르는 내가 한심해서 웃음이 나왔다. 마흔이 다 되어가도록 나는 자신을 위해 무엇을 해주었던가.

    그동안 나는 내게 좋은 옷을 사준 적도 없고, 갖고 싶은 것을 준 적도 없었다. 심지어 나를 위해 시간을 쓴 적조차 거의 없었다. 내가 그토록 좋아하고 사랑하는 음악마저 나를 위한 것이 아닌, 그 음악을 들어주는 다른 이를 위한 것이라는 생각에 미치자 마음속 공허가 동심원처럼 한없이 커져갔다. 기차를 타고 가는 동안에도 끊임없이 눈물이 흘렀다. 그렇게, 알 수 없는 서러움과 함께 해인사에서의 짧지 않은 산사 생활이 시작되었다.

그럼에도 음악이다

"숙소에 없네. 뭘 하느라 그렇게 바빠?"

현응 스님에게 문자가 왔다. 남의 집 텃밭에 앉아 이것저것 주물럭거리고 있던 나는 바로 답신을 보냈다.

"놀고 있는데요."

"그래? 차 마시고 싶으면 놀러와."

내가 불쑥 해인사로 내려가 방 한 칸만 내달라고 했을 때, 현응 스님은 언제나 그렇듯 나에게 아무것도 묻지 않고 그저 편히 쉬라는 말씀만 하셨다. 그간 스님과 맺은 인연이라고 해봤자, 후배들과 간간이 해인사에 들러 얼굴 도장 몇 번 찍고 대화 몇 마디 나눈 것이 전부였는데 말이다.

▸▸

해인사에서 보낸 시간은 내게 큰 힘이 되었다. 음악을 떠나 나 자신에 대해 고민하며 자연으로 돌아가 흙냄새를 맡고 바람의 숨결을 느끼며 지냈다. 태초의 인간처럼, 원점으로 돌아가 나라는 사람을 하나씩 다시 만들어갔다.

물끄러미 가야산을 바라보다가, 괜히 동네를 어슬렁거리며 참견을 하기도 했다. 덕분에 야생초 효소와 뽕잎차 등을 만드는 젊은 부부와 안면을 터서 이런저런 이야기를 나누기도 하고, 가까워진 도예가에게 차와 밥을 얻어먹곤 했다. 식당을 하는 보살님에게 들러 오미자차도 마시고, 스님들과 이야기를 나누다 보니 사람들에게 정도 들고 마음도 서서히 안정을 찾았다.

특히 적광 스님과의 만남이 기억에 남는다. 세상에 알려진 가수가 산사에서 왔다 갔다 하는 것이 궁금했던지 스님은 나를 붙잡고 많은 이야기를 해주셨다. 우리는 세상사부터 음악까지 온갖 이야기를 나누며 서로에게 말동무가 되었다. 적광 스님은 가끔 〈킬리만자로의 표범〉을 흥얼거렸는데, 세상에서 그렇게 감칠맛 나고 독특한 〈킬리만자로의 표범〉은 처음 들었다. "니는 라일락을 사랑한다캤다~내도 라일락을 사랑한다~" 억센 경상도 사투리도 스님이 읊으면 그렇게 매력적으로 들릴 수가 없었다.

해인사에서 나는 완전한 자유를 누렸다. 덕분에 쉼 없이 달려왔던 나를 위로하고 토닥이는 시간을 가질 수 있었다. 산사에 있다가 문득 적적해지면 기차를 타고 서울로 올라오기도 했고, 산사가 그리워지면 다시 해인사로 향했다. 어느 새벽, 추적추적 내리는 비를 맞으며 산책에 나섰다 돌아오는 나에게 현응 스님이 차를 권하셨다.

"자네, 언제까지 이렇게 살 텐가?"

"……"

딱히 할 말을 찾지 못한 나를 대신해 스님이 말씀하셨다.

"음악만을 위해 살아왔던 자네의 삶이 싫다고 했지? 그럼 지금까지 자네가 음악을 하도록 도와주고 지켜준 사람들은 어떻게 할 텐가? 그들은 지금도 자네를 믿고 기다리고 있을 텐데."

그랬다. 나의 음악, 아니 우리의 음악이 탄생할 수 있도록 묵묵히 내 곁을 지켜준 스태프들, 기획사 사람들, 그리고 팬들이 나를 기다리고 있었다. 누구도 나를 다그치지 않고 믿으며 지켜보고 있었다.

"지금껏 자네를 위한 음악을 했다면 이젠 그들을 위한 음악을 해보게. 그들이 자네를 지켜준 시간만큼, 자네에게 보여준 믿음만큼 자네도 그들을 위해 재능을 써보란 말이지. 그래도 못하겠다면 내가 절에다 아예 자네 방을 하나 내주지."

나는 말없이 고개를 숙였다. 며칠 후, 나는 서울로 올라왔다. 스님의 말씀처럼 나를 위한 음악이 아닌, 그간 나를 지켜준 사람들을 위해 마지막으로 한 번 더 도전해보자는 결심이 섰다. 하지만 마음과 달리 내 몸은 여전히 물 먹은 솜처럼 늘어져 있었다.

▶▶

다시 음반 작업을 시작했지만 녹음실에 서 있어도 소리가 나오지 않았다. 아무리 애를 써도 나오지 않는 소리 때문에 몇 시간이고 마이크만 붙잡고 있어야 했다. 모든 병의 근원은 마음이라는 것, 그리고 그 마음의 병이 낫기 전에는 몸도 회복되지 않는다는 것을 절실히 느꼈다. 종일 애를 먹다가 좌절한 채 집으로 돌아가고, 다시 마음을 추슬러 마이크 앞에 서도 여전히 소리가 나오지 않는 나날이 이어졌다. 작은 불씨 하나 남기지 않고 꺼져버린 마음을 어찌해야 할지 답이 없었다.

당시 음반 프로듀싱을 맡았던 송홍섭 선배는 다행히 내 상태를 잘 이해하고 격려해주셨다. 이런저런 어려운 이야기를 하고 프로듀서를 부탁했을 때, 선배는 나를 위해 힘든 결정을 하고, 마냥 길어지는 녹음 작업에도 변함없이 나를 격려해주셨다. 음반 재킷 촬영에도 많은 이들이 도움을 주었다. 사진작가 강영호 씨와 조선희 씨, 그리고 메이크업 아티스트 정샘물 씨가 아무런 대가 없이 나를 빛나게 만들어주었다. 최고의 작가와 스태프들이 나를 위해 무료로 '이은미 살리기'에 나섰던 것이다. 지금 생각해도 눈물 나게 고마운 일이다.

방송작가인 박경덕 씨는 '몸을 움직여야 마음의 병이 낫는다'며 주중에도 몇 번씩 나를 산으로 끌고 가거나, 스킨스쿠버 다이빙이나 암벽 등반에도 데리고 다녔다. 술 좋아하고 사람 좋아하는 그를 따라다니면서 여러 사람들과 어울렸고, 마침내 지인들과 산악회까지 만들었다. 그들과 산에 가는 것은 일상의 큰 기쁨이 되었고, 그들과 서로를 보듬어주는 관계가 되었다. 모임에는 시사평론가 정관용 씨, 가수 유열 선배, 공연기획자 주홍미 씨, 변호사 송호창 씨 등이 있었고, 내가 데리고 간 배우 배수빈 씨, 코미디언 정준하 씨 등도 함께했다.

하루는 하산 후 막걸릿집에 들러 산악회 이름을 짓기로 했는데, 각자의 분야에서 고집 세게 살아온 이들인지라 이름 짓는 게 쉽지 않았다. 모두 자신의 제안만 강조하고 상대의 의견에는 농담 반 진담 반 비판하기만 할 뿐 진도가 전혀 나가질 않았다. 그때 누군가 "아무튼 이 모임은 못마땅해!" 하며 투덜거리자, 갑자기 모두 의기투합해 일사천리로 산악회 이름이 정해졌다. '못마땅 산악회'. 난 지금도 이렇게 이상하고 못마땅한 사람들과 산행을 한다.

사람보다 음악을 더 중요하다 여기고, 음악에만 매달렸던 내가 마음의 병을 극복할 수 있었던 것은 결국 사람 덕분이었다. 나를 음악적으로 다시 일어서게 해준 6집 음반은 결국 나를 믿어준 사람들과 함께 만든 것이나 마찬가지다.

▶▶

여전히 뜻대로 진행되지 않는 음반 작업으로 맘고생이 심했던 나는 낡은 LP들을 꺼내 듣기도 하고, 새로운 영감을 얻기 위해 해인사를 다시 찾기도 했다. 음악 스타일을 바꿔야 다시 꿈을 꾸고 노래를 할 수 있을 것 같았다. 그러던 어느 날, 나는 무작정 녹음실로 향했다. 그리고 녹음실의 김대성 실장을 붙잡고 부탁했다.

"나, 이런 음악을 하고 싶어."

나는 한 부스에서 드럼, 피아노, 베이스, 기타 등의 악기들을 연주하면서 동시에 노래까지 하고 싶었다. 아날로그적인 연주에 담긴 자연스런 느낌을 원하기도 했지만, 무엇보다 그 안에서라면 내 감정을 정제하고 다독일 수 있을 것 같았기 때문이다. 그 당시 나는 지나치게 넘치는 감정들을 자제할 필요가 있는 상태였다.

김대성 실장은 한동안 할 말을 찾지 못한 채 그저 내 얼굴만 멍하니 바라보았다. 그도 그럴 것이 엔지니어 입장에서 이런 요구는 여간 곤혹스러운 일이 아니다. 소리에 자연스런 공간감을 담고자 하는 내 뜻은 십분 이해한다 해도, 같은 부스에서 연주와 노래를 동시에 녹음해야 하니 작은 실수가 있으면 모두가 다시, 또 다시를 반복해야 하니 말이다. 결국 나는 이런 방식으로 녹음을 시작했고, 그 과정에서 어떤 곡은 100트랙 정도 반복해 녹음한 적도 있다. 하지만 최고의 소리를 찾기 위해 나는 힘든 줄도 모르고 노래를 부르고 또 불렀다.

요즘은 대부분 각 악기의 소리와 노래를 따로 녹음한다. 각각 녹음해 이를 조절하고 조합하는 것이 훨씬 더 쉽기 때문이다. 하지만 이런 방식으로는 자연스러운 소리의 공간감을 느낄 수 없다. 드럼과 베이스 사이를 오가는 피아노 소리, 피아노와 기타 사이를 스쳐 지나는 노랫소리, 공기 사이를 왔다 갔다 하는 소리들의 입체감을 살리려면 한 공간에서 함께 연주해야 한다.

아날로그식 녹음을 통해 소리의 공간감이 주는 즐거움을 알아가던 즈음 김대성 실장은 진공관 마이크를 샀다. 그것도 50년 전의 것을. 그런데 신기하게도 그 마이크가 내 목소리의 배음을 다 받아냈다. 내 목소리의 특징은 중

저음역대가 넓다는 것이다. 그래서 일반 마이크로 녹음을 하면 마이크가 내 목소리 아래쪽의 소리를 못 잡아내 위쪽 소리만 얇게 들리는 경우가 많다. 진공관 마이크를 써보니 낮은 음역대까지 잡아줘서 표현되는 음역이 훨씬 넓어지고 소리의 질감도 따뜻했다. 물론 라이브를 해야 하는 공연에서는 좀 다르다. 진공관 마이크처럼 섬세한 마이크를 쓰면 주위의 다른 소리들이 마이크에 다 들어가기 때문에 오히려 역효과가 난다. 그래서 공연 때는 소리의 강한 음역을 바로 잡아내는 다이내믹한 마이크를 사용한다.

오랜 슬럼프를 겪은 뒤라 다시 소리를 찾고 음악을 만들어가는 하루하루가 새로웠다. 깊고 어두운 우울의 터널에서 빠져나오길 간절하게 바랐던 나에게 답을 준 것은 결국 음악이었다. 1년여 동안 세상에서 가장 긴 터널을 걷는 기분으로 녹음을 했다. 오랜 진통 끝에 탄생한 6집 음반에는 '그러나 지나치지 않게'라는 뜻을 가진 음악 용어 '마논탄토Ma Non Tanto'라는 이름을 붙였다. 음악에 대한 나의 넘치는 사랑과는 별개로 대중과 더욱 가깝게 호흡할 수 있었으면 하는 바람을 담은 것이다. 우울증을 앓으며 나는 사랑도 지나치면 병이 된다는 것을 절감했다. 지나치게 감정에 빠진 나머지 그것이 내 소리를 잠식하는 일이 없도록, 가슴은 뜨겁되 내 음악이 대중의 감성을 너무 앞서 지나치지 않도록, 채우기보다 걷어내는 것이 더 중요하다는 소중한 깨달음을 얻은 것이다.

▶▶

힘들었던 시간이지만, 지금의 나를 돌아보면 반드시 필요한 과정이었다는 생각도 든다. 좌절이나 고독은 때로 사람에게 값진 자양분이 되기도 한다. 나는 짧지 않은 시간 동안 자신과 싸우면서 오히려 스스로를 돌아보고 정리할 수 있었다. 세상을 바라보는 시선도 달라졌다. 시행착오와 절망 또한 오늘의 나를 만들어주었기에, 후회도 하지 않는다.

정신적으로 성숙하면서 내 음악도 변했다. 아날로그식 녹음뿐만 아니라 창법도 달리해가며 자연스러움을 중요하게 여기게 된 것도 이때부터였다. 이전까지 내 창법이 정형적이고 세련됨을 추구했다면, 이제는 무심하게 툭 던지듯 부르는 창법에 더 매력을 느낀다. 오랜 고생 끝에 나온 6집 음반은 그래서 더 각별하고 소중하다. 6집 음반이 나온 지 몇 년 후, 고故 최진실 씨가 출연한 〈내 생애 마지막 스캔들〉이라는 드라마가 큰 인기를 끌었는데, 드라마 삽입곡으로 사용된 〈애인…있어요〉도 덩달아 많이 알려지게 되었다. 덕분에 6집 음반은 다시 날개를 달고 사람들에게 존재를 알렸고, 이를 보며 난 음악의 위대함과 생명력을 새삼 실감했다.

사실 이 곡은 발표 직후에도 좋은 반응을 얻었고, 드라마 〈궁 2〉에도 삽입된 적이 있었다. 하지만 그때의 잔잔했던 반응과 비교했을 때 〈내 생애 마지막 스캔들〉을 통해 얻은 사랑은 가히 폭발적이라 할 수 있었다. 드라마의 인기가 최고조에 이르렀을 무렵 방송국의 지인이 '최진실 씨가 당신 음악을 정말 좋아한다'며 한번 만나보겠느냐는 얘기를 했다. 최진실 씨는 나와 연배도 비슷하고 평소 좋은 느낌을 가지고 있던 사람이어서 흔쾌히 약속을 정했다. 어린 시절 데뷔하여 한국에서 최고의 배우가 되었고, 또 많은 어려움을 이겨낸 걸 알고 있던 터라 좋은 친구가 될 수 있을 것 같았다.

나는 그간 발표했던 음반과 시선집을 챙겨 짧은 편지를 동봉하여 그녀에게 보냈다. 하지만 공연을 보러 오기로 한 날 최진실 씨는 드라마 추가 촬영이 잡혔고, 결국 우리의 만남은 무산되었다. 그리고 그 어긋난 약속이 우리 인연의 마지막이 되었다. 실제로 만나진 못했지만 아직도 그녀의 마지막을 생각하면 가슴이 먹먹해진다. 덧없는 이야기이긴 하지만, 우리가 만났더라면, 내가 겪었던 정신적인 어려움과 혼란 그리고 우울에서 벗어나기 위해 노력했던 경험 등을 나눴다면 그녀에게 미약하나마 도움을 줄 수 있지 않았을까. 생각할수록 정말 안타까운 일이다.

▶▶

〈애인…있어요〉가 큰 사랑을 받은 것은 행운이지만, 이후 이 곡에 대한 부담이 늘어난 것도 사실이다. 내가 부른 노래가 5년간 국민들이 가장 애창하는 곡으로 선정되고 2천만 번이나 불렸다는 것은 대단히 행복한 일이지만, 이런 일은 일생에 한 번이면 족한 것 같다. 그 곡을 뛰어넘는 노래를 불러야 한다는 압박을 조금이라도 느낀다면, 음악을 대하는 순수성도 떨어질 것이고, 성공과 실패란 틀 안에 갇혀버릴 테니 말이다.

오랜 진통 끝에 탄생한 6집 음반에는
'그러나 지나치지 않게'라는 뜻을 가진 음악 용어 '마논탄토'

Ma Non Tanto

라는 이름을 붙였다.
음악에 대한 나의 넘치는 사랑과는 별개로
대중과 더욱 가깝게 호흡할 수 있었으면 하는 바람을 담은 것이다.

나는 소리 위를 걷는다 —

'내가 어느새 여기까지 온 거지?'

데뷔 20주년을 목전에 둔 2009년, 불현듯 지난날들이 꿈처럼 느껴졌다. 시행착오를 반복하며 가던 길을 돌아오기도 했고, 많이 부서지기도 했으며, 버티는 게 너무 힘들어 주저앉기도 했다. 심지어 음악이 두려워 외면한 적도 있었지만 결국 난 음악이 내준 내 자리에 서 있었다.

内心 잘 견뎌줬다고, 고맙다고 자신을 토닥여주고 싶었다. 아니, 음악에서 희망을 찾고, 위안을 얻고, 좋은 사람들을 만났으니, 가장 고마운 것은 역시 음악이었다. 음악을 내 안에 품고, 음악에 간절히 매달리며 달려온 꿈같은 날들을 되돌아보니 나를 지켜주었던 이들이 새삼 눈에 들어왔다. 그러면서 내 음악을 좋아해주고, 들어주고, 콘서트에 와준 사람들에게 친절하지 못했다는 반성을 하게 되었다. 친절하지 못했다는 것은 나를 위한, 나만의 음악을 고집했다는 이야기다.

사실, 모든 예술 행위는 자기만족에서 출발한다. 책을 읽거나, 그림을 감상하거나, 공연을 보는 것 모두 의미 있는 일이긴 하지만, 스스로 예술 행위를 하는 것은 전혀 다른 만족감을 준다. 나 역시 오랜 시간 소통보다는 자기만족에 집착하며 음악을 해왔다. 내 노래를 사람들이 좋아하는지 아닌지는 나중 문제였다. 누군가에게 들려주기 위해 노래하는 것이 아니라, 나를 위해 노래했던 것이다. 그동안 내 노래를 들어주는 사람들에게 크나큰 위안을 얻었으면서, 그것을 깨닫지 못한 채 나 혼자 잘난 맛에 살았던 시간이 미안하고 부끄러웠다. 이제 와서 대중들이 좋아할 만한 노래를 하겠다는 뜻은 아니다. 좀 더 많은 이들이 내 음악을 가까이하고 위로를 받을 수 있기를 바랄 뿐이다.

그래서 나를 지지해준 이들을 위한 음반을 만들어보자는 생각을 했다. 우선 그동안 내가 발표했던 음반을 살펴보며 소위 히트곡들을 꼽아봤다. 〈기억 속으로〉〈어떤 그리움〉〈선플라워〉〈애인…있어요〉 등등을 관통하는 '슬픈 노랫말로 표현한 발라드'를 상기하며 〈애인…있어요〉를 함께 작업한 작곡가 윤일상에게 도움을 청했다. 그런 과정을 통해 2009년 3월 태어난 것이 〈헤어지는 중입니다〉〈결혼 안 하길 잘했지〉〈꽃〉 등의 곡들이 담긴 '소리 위를 걷다' 음반이다. 20년간의 음악인생을 함축하는 동시에, 변함없이 내 음악을 지지해준 이들에게 감사하는 마음을 담아 정한 타이틀이었다.

힘겨운 시간을 떨쳐낸 이후 난 확실히 달라졌다. 멋있는 척하지 않아도, 잘난 척하지 않아도 예전과 달리 불안하거나 초조하지 않았다. 음반 재킷에도 내 모습을 있는 그대로 담고 싶었다. 혹시라도 남아 있을 마지막 가면마저 벗어버리기 위해 나는 꾸미지 않았다. 아무것도 덧칠하지 않은 순수함 그 자체인 음악을 하고 싶다는 의지의 표현이기도 했다. 그래도 대중과 진정한 교감을 하게 되리란 확신이 있었다.

음반이 나오자 고맙게도 반응이 좋았다. 예전과 달라진 내 소리를 받아준 사람들이 고마웠다. 내 음악의 노년을 고민하고 근사한 마무리를 준비해야 하는 나이라 여겼는데, 그런 내게 새로운 길을 열어준 팬들이 있어서 정말 다행이었다. 여기저기서 공연 요청도 쇄도했다. 좀 더 많은 관객과 만나기 위해 20주년 전국 투어 콘서트를 기획했다. '소리 위를 걷다' 음반이 좋은 반응을 얻어 레퍼토리도 훨씬 풍부해졌으니, 정말 할 맛이 나는 공연이었다.

▶▶

공연은 관객이 티켓을 구매해야 성사될 수 있는 흥행 비즈니스다. 단독 콘서트를 800여 회 해오면서 내 자부심이 커진 이유도 여기에 있다. 보통 공연하기 약 두 달 전에 예매를 하고, 그날 하루 시간을 내 공연장을 찾는다는 것은 그럴 만한 가치가 있는 공연이 아니면 하기 어려운 일이다. 반짝 인기를 얻은 뒤 TV에서 거창하게 홍보를 해도, 공연이 취소되거나 평이 좋지 않은 경우도 꽤 많다. 방송에서 인기가 있다는 것이 공연하는 데 도움은 될 수 있으나 그 분위기만으로 공연이 성공적일 것이라 기대한다면 큰 착각이다. 한 번의 공연도 잡음 없이 제대로 마치기란 정말 어려운 일이다.

아무튼 데뷔 20주년 기념 공연은 1년간의 투어로 계획되었으나 공연 요청이 쇄도하는 바람에 2년 넘게 이어지면서 타이틀과 달리 사실상 21주년, 22주년을 기념하는 공연이 됐다. 대장정을 이어가는 도중 〈녹턴〉 〈죄인〉 〈난 원래 이렇게 태어났다〉 등의 곡을 담은 음반 '소리 위를 걷다 2'가 태어났고, 덕분에 '소리 위를 걷다'는 가수 이은미를 상징하는 타이틀이 되었다. 팬들이 지어준 '맨발의 디바'라는 별명이 무대 위에서 노래하는 내 모습을 담은 것이라면, '소리 위를 걷다'는 나의 음악적 행보를 상징하는, 나의 정체성을 정의한 표현이다. 음악은 어쩔 수 없는 내 운명이라는 이야기다.

앞으로도 난 계속 소리 위를 걸어갈 것이다.

나 는 소 리 위 를 걷 는 ,

맨 발 의 디 바

02

음악,
세상을
바라보는 눈

'음악 말고 뭘 하지?'

나는 지금껏 이런 생각은 해본 적이 없다.

그럴 시간에 음악적 고민을 한다.

그렇게 살았고, 앞으로도 그렇게 살면 좋겠다.

내게 음악으로 바라보는 세상만큼 아름다운 것은 없다.

음악은 분석하는 것이 아니고
즐기는 것이다

에릭 클랩튼의 명곡 중 하나인 〈Tears In Heaven〉은 불의의 사고로 세상을 떠난 자신의 어린 아들에 대한 미안함과 그리움을 표현한 노래로 잘 알려져 있다. 오랜 세월이 흐른 뒤 그는 슬픔을 드러내지 않고, 그 노래를 덤덤히 불렀다. 드러내지 않아도 그 슬픔을 알기에 그의 노래는 더 애절하게 들렸다.

누군가는 그에게 〈Tears In Heaven〉을 불러달라는 것이 얼마나 잔인한 일인지 알기에 차마 그럴 수 없었다고 한다. 하지만 일단 세상에 내놓은 이상, 그 노래가 자신만의 것이 아니라는 것을 에릭 클랩튼도 알고 있었을 것이다. 때문에 그는 대중에게 사랑하는 아들을 잃은 내 슬픔을 함께 느껴달라고 강요하지 않는다. 설령 그 노래에 깔린 정서를 슬픔이 아닌 로맨틱함으로 받아들인다 해도 그것은 온전히 감상하는 이의 몫이다. 그것이 대중음악을 하는 이가 감내해야 하는 부분이다.

대중음악을 받아들이는 이도 이와 다르지 않아야 한다. 에릭 클랩튼이 어떤 의도로 그 노래를 만들었든, 내게 그 노래가 로맨틱하게 들리면 그것은 로맨틱한 음악이다. 어떤 화가가 하늘을 그렸더라도 보는 이가 그것을 바다로 느낀다면 그 사람에게 그것은 바다다. 작가가 어떤 의도로 이 작품을 창조했는지는 감상자에게 그리 중요하지 않다.

물론 예술의 궁극적 목표는 교감이다. 예술가들은 사람들이 나와 같은 감정을 느끼기를 강렬히 바라지만 그렇지 않다 해도 할 수 없다. 같은 것을 느끼지 않는다 한들 그것이 무슨 문제인가. 나와 다르게 느낀다고 해서 "그건 틀렸어"라고 말할 수 없는 것, 그 누구도 정답을 강요할 수 없는 것, 그것이 음악이고 예술인데 말이다. 영국의 록 그룹 롤링 스톤스의 보컬 믹 재거는 "록 음악은 가사를 들을 필요가 없다"고 말하기도 했다. 그냥 리듬을, 분위기를 느끼라는 뜻이다.

하지만 사람들은 음악을, 예술을 분석하려 하고 심지어 점수를 매겨 줄을 세우려 든다. 각종 오디션 프로그램에서 프로 음악가가 되기 위해 노력하는 이들의 재능과 열정에 점수를 매기는 것까지야 어쩔 수 없다 쳐도, 이미 각자의 분야에서 나름 최고라 자부하는 프로 음악가들에게조차 등수를 매겨 마치 그들의 음악이 딱 그만큼인 양 규정하는 것은 지켜보는 것만으로도 기분이 언짢아진다. 음악은, 아니 예술은 분석할 수 없고 점수를 매길 수 없는 영역이다. 누가 피카소와 모네의 그림을 비교하며 점수를 매기겠는가. 서로 다른 것들이 공존하기에 예술이 아름다운 것이다.

　줄 세우기는 물론이고 예술을 분석하려 드는 요즘의 풍조도 나는 못마땅하다. 가끔 내 홈페이지나 메일로 사운드에 대한 질문을 올리는 이들이 있다. "이건 무슨 의도로 이렇게 녹음을 했는가?"라는 질문을 보면 당혹스럽다. 물론 설명할 수는 있다. 하지만 '내가 왜 이걸 일일이 설명해야 하지?'라는 생각이 먼저 든다. 내가 그 곡을 만들 때의 의도나 상황은 중요하지 않다. 내가 어떤 의도로 어떻게 녹음을 했다고 설명한다 한들 완벽히 내 의도에 맞춰 그 곡을 감상하는 것은 불가능한 일이다.

　"녹턴이라는 곡을 듣다 보니 소음처럼 들리는 부분이 있던데, 왜 그렇게 녹음했나요? 의도적인 연출인가요?"

　누군가 내게 물었다. 나는 대답 대신 되물었다.

　"그게 왜 궁금한가요?"

　물론 친절하게 "그건 플루트를 불 때 입에 바람이 들어가는 소리예요"라고 설명할 수 있다. 만일 그가 음악가를 지망하는 이였다면 음악가의 숨소리 하나에도 관심을 기울일 수는 있다. 하지만 그게 아니라면 음악은 그저 듣고 가슴으로 느끼는 것이 최고다. 바람 소리로 들리면 바람 소리로, 플루트 소리로 들리면 플루트 소리로 받아들이면 되는 것이다. 예술은 조각내고 분석하고 평가할 대상이 아니다. 느끼면 스며드는 것이기에.

▶▶

해금 연주자 강은일 씨와 그의 음반 '오래된 미래'에 대해 이야기를 나눈 적이 있다. 그녀에게 "음반을 듣는 동안 왠지 자꾸 추억 속으로 빠져들어 음악 자체에 몰입하기가 어려웠다"고 말하자, 그녀는 최고의 찬사라며 기뻐했다. 자칫 지루하다는 의미로 오해할 수 있는 말이었지만, 내 말의 의도를 그녀는 분명히 알아듣고 즐거워했다. 음악은 감동을 주는 것도 중요하지만, 스며드는 감흥도 중요하다. 음악적 완성도가 주는 편안함이 숨어 있던 감흥을 일깨우는 것이라 하겠다.

옛날에는 나도 좋은 곡을 접하면 그 음악가가 궁금했다. '이 사람은 어떻게 살았지?' '어떤 생각을 했기에 이런 곡을 썼지?' 등의 궁금증을 채우기 위해 이런저런 정보를 탐색하기도 했다. 이젠 음악을 소리 이상으로는 받아들이지 않는다. '음악은 음학音學이 아니다'라는 말이 있다. 음악가는 자신에게 맞는 음악을 원하는 방식으로 표현하면 된다. 듣는 사람도 자신의 방식으로 음악을 느끼고 흡수하면 된다. 음악을 이해시키기 위해 설명을 하기 시작하면, 그 순간 바로 음악은 재미없어진다.

아쉽게도 세상은 이렇게 단순하지 않다. 거칠게 말하면, 문화에는 A급 문화와 B급 문화가 존재한다. A급 문화는 감동과 환호를 함께 주는 것, B급 문화는 환호만을 강요하는 것이라 말할 수 있다. 음반이 많이 팔렸다고 A급 음악이라 할 수 없으며, 베스트셀러에 오른 책이라고 A급 책이라 말할 수는 없다. 인기가 많다는 말 속에는 '쉽고 단순하여 일반의 다수가 그것에 재미를 느끼고 공감해야 한다'는 의미가 숨겨져 있다. 그렇기에 많은 이들이 좋아하는 것과 내가 좋아하는 것은 얼마든지 다를 수 있다. 대중예술은 어느 정도의 질서나 규칙을 가지고 가야 한다. 규칙에서 지나치게 벗어나면 난해해지고, 너무 의존하면 시시하고 감동도 사라진다. 그래서 어려서부터 문화적 체험을 통해 감동과 재미를 체득하는 것이 중요하다. 감동을 경험한 아이들은 환호만을 강요하는 문화에 휩쓸리지 않는다. 음악을 즐길 수 있는 사람은 감동에도 익숙해지고, 그 감동을 그리워하게 되며, 그런 과정을 통해 점차 음악을 좀 더 잘 즐기게 된다.

좋아하고 잘하는 것을 하면 안 되나?

요즘 아이들은 참 바쁘다. 내 어린 시절에도 아이들은 바빴지만, 그건 동네 친구들과 어울려 노느라 그랬다. 요즘 아이들은 말 그대로 바쁘다. 영어는 기본이고 피아노, 미술, 태권도, 바둑 등 하루에도 몇 군데의 학원을 오간다. 중고등학생이 되면 대학 입시만 바라보며 미친 듯 내달려야 한다. 학교 수업을 마치면 셔틀버스를 타고 학원으로 향하고, 주말에도 쉼 없이 공부, 또 공부다. 늘 똑같은 하루를 보내고 입시를 치르며 아이는 자아를 탐색하지 못하거나 정신적 성숙을 거치지 못하고 어른이 된다.

▸▸

　청소년 시절, 다행히도 나는 제법 다양한 추억들을 쌓았다. 어렵사리 모은 용돈으로 청계천 시장에 가서 음반을 구하고, 친구들과 음악 이야기를 나누고, 사회의 어두운 부분에 분노하고 안타까워하며 작게나마 내가 할 수 있는 일을 하기도 했다. 집보다 밖에서 더 많은 시간을 보냈고, 친구들과 모여 서로의 고민을 털어놓으며 세상에 대한 이해의 폭을 넓혔다. 그때는 잘 몰랐지만 지금 와서 보면 그 시간들이 고맙다. 그 시간이 쌓여 오늘까지 온 것이니 말이다. 그래서인지 '요즘 아이들은 무엇을 쌓아올리며 어른이 될까?' 하는 생각이 들 때면 왠지 측은함이 먼저 밀려온다.

　사실 나는 왜 이 땅의 모든 아이들이 대학이라는 한 방향을 향해 내달리는지 잘 이해되지 않는다. 혹자는 멀쩡하게 대학을 졸업하고도 취업하기 힘든 세상에서 별 어쭙잖은 소리를 한다고 할지도 모른다. 하지만 나는 그들이 추구하는 성공이라는 것이 도대체 어떤 것인지 되묻고 싶다. 사회가 요구하는 정형화된 성공이란 것은 사실 믿을 게 못 된다. 사람들은 흔히 세상은 빨리 변하고, 그에 맞춰 변하지 않으면 사회에서 도태된다고 말한다. 변화에 순응하는 것이 뒤처지지 않는 길이라 생각하지만 나는 동의하지 않는다.

　미래는 '소품종 대량화의 시대'가 아닌, '다품종 소량화의 시대'라고 한다. 그런 시대에서 진정으로 성공하려면 '문화적인 창의성'이 절대적으로 필요하다. 나만의 것을 가지고 있다는 것 이상의 큰 무기는 없기 때문이다. 증

권업계, 광고업계, IT업계 등 이른바 변화에 민감한 현대 첨단 산업 종사자들 중 상당수는 마흔이면 이미 퇴직을 준비하기 시작한다. 수명은 점점 길어지는데, 10여 년을 회사에서 부속품처럼 살다가 퇴직하고 세상 밖으로 나온 뒤부터는 무엇을 바라보며 살아야 할까?

▶▶

불만스럽긴 해도 그것이 엄연한 현실인 이 사회에서 사는 우리에겐 별다른 방법이 없어 보이기도 한다. 하지만 우리의 아이들에겐 '자기만의 것'을 키울 힘을 찾도록 도와주어야 하고, 그 '자기만의 것'은 다름 아닌 '창의적인 것'이어야 한다. 그러기 위해서는 이 사회가 먼저 바뀌어야 한다. 요리를 좋아하고 잘하는 사람은 요리사로, 만화를 좋아하고 잘 그리는 사람은 만화가로, 음악을 좋아하고 잘하는 사람은 음악가로 살 수 있는 사회가 되어야 한다.

언젠가 텔레비전에서, 깡통을 뚝딱거려 순식간에 모형 비행기를 만드는 사람을 본 적이 있다. 설계도도 없이 로봇을 만들고 모형 비행기를 멋지게 만들어내는 그에겐 남과는 다른 특별한 재능이 있음이 분명했다. 그러한 재능이 업業으로 이어질 수 있도록 이 사회가 다양한 길을 열어두고 있다면 얼마나 좋을까. 하지만 안타깝게도 우리 사회는 재능보다 학력을 묻고, 자격증을 요구한다. 사회가 요구하는 것들을 갖추지 않는 한 그는 전문가가 아닌, 그저 '별난 재주를 가진 기이한 사람'으로 남을 뿐이다.

만일 그가 독일에서 태어났다면 이야기는 달라졌을 것이다. 독일에는 마이스터 제도란 것이 있어서 목재 가공, 소시지 제조, 맥주 제조, 자동차 수리,

꽃꽂이 등 산업의 각 분야에서 그 재능과 전문성을 인정해주는 것이 보편화되어 있다. 마이스터가 이탈리아에서 지휘자를 뜻하는 말인 마에스트로와 어원이 같은 것만 보더라도 이론적 지식과는 별개로 실제 현장에서의 경험 또한 충분히 그 사회에서 인정받고 있음을 알 수 있다.

이 사회가 좀 더 다양성을 인정해준다면 지금처럼 모두가 한 방향을 향해 미친 듯 달리지 않아도 될 것이다. 자신이 좋아하는 것, 잘하는 것을 찾고 그것에 더 많은 애정을 기울일 수 있다면 분명 독일의 장인 못지않은 실력으로 우리의 아이들이 이 사회를 빛내리라고 믿는다.

누군가는 '그렇기 때문에 어릴 때부터 여러 학원 다니며 재능을 찾기 위해 노력해야 하는 것 아니냐'고 반문할지도 모르겠다. 하지만 재능은 꼭 학원에서 피아노를 한 소절 쳐보고, 그림 한 장 그려봐야 찾을 수 있는 것이 아니다.

음악만 해도 그렇다. 재밌어서, 좋아서 해야 온 마음으로 음악을 받아들이고, 새로운 것을 창조하는 고리가 자연스레 형성된다. 요즘에는 아이가 음악에 재미를 느끼기도 전에 부모의 강요에 따른 학습이 먼저 이루어진다. 장조와 단조의 차이를 귀로 익히고 마음으로 느끼기도 전에 미리 준비된 문장을 기계적으로 줄줄 외우며 습득하는 것이다. 악기 수업도 마찬가지다. 아이가 딱히 흥미를 느끼지 못하는데도 기본으로 악기 하나쯤은 배워둬야 한다고 여기는 세상이다. 과연 그런 억지 학습이 아이의 재능을 키우는 데 도움이 될까 의문이다.

실제로 음반을 만들기 위해 수많은 기존 작곡가와 신예들의 곡을 수집하고 들어보면, 젊은 작곡가들의 열 곡 중 예닐곱 곡은 동일한 패턴과 유사한 멜로디 라인을 가지고 있음을 알 수 있다. 그들이 보내온 가사는 더 말할 것도 없다. 마치 모든 사람이 한 연인을 만나 똑같은 사랑을 하고 헤어진 듯 천편일률적이다. 아무리 유행이 있고 대중음악이라 해도, 심하다고 느낄 때가 한두 번이 아니다. 같은 시대에 같은 교육을 받고 같은 틀 안에서 살아온 삶의 형태가 낳은 부작용은 창작이 생명인 음악계에서도 여지없이 나타나고 있다. 이런 사회에서, 아이들이 과연 '자신만의 것'으로 무장할 수 있을까?

우리 음악으로 소통해요

장을 보러 가면 나를 알아보는 아주머니들이 사인을 요청하면서 가방에서 뭔가 주섬주섬 꺼내든다. 다름 아닌, 꼬깃꼬깃해진 영수증이다. 그러는 사이 또 다른 아주머니는 일행에게 전화를 해 '얼른 이쪽으로 오라'며 재촉하고, 또 다른 이는 휴대폰으로 연신 내 사진을 찍는다. 웃을 수도, 화를 낼 수도 없는 상황이다.

행사장에 가면 지인들의 목록을 보여주면서 사인을 해달라는 요청도 받는다. 대중에게 노출되는 직업을 가진 이상 원하든 원하지 않든 그런 일은 감수해야 한다. 단 하나, 내가 사람들에게 기대하는 것은 '존중'이다. 내가 가수이기 때문에 존중해달라는 것이 아니다. 그저 나도 한 명의 사람이니 최소한의 예의와 존중을 보여달라는 뜻이다.

콘서트를 하다 보면 객석에 다가가 관중들과 눈을 맞추거나 악수를 청해서 손을 잡는 경우가 있다. 한번은 한 남학생이 내 손을 낚아채더니 영 놓아주질 않았다. 알고 보니 자신의 여자친구와 나를 사진에 함께 담기 위해 그런 것이었다. 그때 나는 노래를 하는 중이었고, 그 공간에는 내 노래를 듣고 있는 다른 관중들이 있는데, 그런 행동을 한 것이다. 언젠가는 내가 노래하는 중간에 무대 위로 올라와 내 어깨에 손을 올리고 객석의 일행에게 사진을 찍으라고 했던 이도 있었다. 남의 마음이나 상황 따위는 안중에도 없는 자기중심적인 문화에서 가수는 무대 위든, 무대 아래든 상관없이 그들을 만족시켜야 하는 광대에 불과하다.

무대 위에 서 있는 사람이 존중받는 시대는 어디로 가버린 것일까? 나는 모든 사람은 존중받아 마땅하다고 생각한다. 그럼에도 많은 이들이, 아니 시대가 이런 기본을 스스로 무너뜨리고 있다는 느낌이 든다. 스스로의 존엄성을 지키기보다는 대중의 인기를 더 중하게 여기는 무대 위의 가수에게도 문제가 있겠지만 이는 사회적인 현상과도 무관하지 않다. 일례로 우리나라에서는 기업인도 존경받지 못한다. 대중에게 그들은 주로 줄을 잘 섰거나, 뒤를

봐주는 사람을 잘 잡았거나, 노동자의 땀을 담보로 호의호식하고, 투자보다는 투기로 돈을 번 사람들로 인식되고 있기 때문이다.

▶▶

이른바 '연예인'이라는 타이틀을 가진 사람들이 존중받지 못하는 것도 이와 일맥상통한다. 어느 날 갑자기 처음 보는 어린 친구가 나타나 온갖 프로그램을 종횡무진 누비기 시작한다. 그가 배우인지 가수인지 알 수는 없지만 이런저런 재주를 뽐낸다. 하지만 솔직히 대중이 모르겠는가? 그가 실력이 아닌 다른 뭔가로 출연하고 있다는 것을.

드라마나 예능 프로그램 등을 통해 인지도가 높아진 사람이 어느 날 갑자기 음악 프로그램에 등장해 노래를 하는 경우도 있다. 그의 어설픈 노래가 끝난 뒤 진행자는 어김없이 상투적인 질문을 한다.

"아무개 씨는 다재다능하네요. 도대체 못하는 게 뭐예요?"

하지만 대중은 안다. 그가 실력이나 소신이 아닌 그저 반짝 인기가 있을 때 그냥 한번 해보는 것이라는 걸. 그러다 보니 대중의 머릿속엔 가수는 아무나 할 수 있고, 노력과 열정과 재능이 없어도 할 수 있는 것이라는 생각이 강하게 자리 잡는 것 같다. 상황이 이렇다 보니 대중이 가수를 존중해주는 것은 구시대 사람들의 물정 모르는 이야기가 되어버렸다.

공연 중에도 많은 이들이 음악을 듣기보다는 휴대폰이나 카메라를 꺼내 사진 찍기에 바쁜 모습을 볼 수 있다. '내가 그곳에 그 가수와 함께 있었다'를 남기려는 마음은 충분히 이해할 수 있다. 하지만 함께 있으면 뭘 하는가. 사진 찍느라 정작 본질인 음악은 놓치고 마는데.

휴대폰이나 디지털 카메라가 나오기 이전의 관객들은 적어도 음악이 나오면 눈을 감고 음악가와 함께 몰입하는 모습을 보여주었다. 그것이 음악을 통한 소통이고 교감일 텐데, 요즘은 카메라의 네모난 프레임 안의 딱 그것만큼만 듣고 보려 한다. 여간 안타까운 일이 아니다. 나는 늘, 오늘 공연에서는 사람들이 휴대폰을 손에서 내려놓고 소리의 울림에 마음을 활짝 열어주기를, 바란다.

▸▸

나는 무대에서 노래하기 위해 그리고 음반을 만들기 위해 내가 가진 거의 모든 에너지를 소비한다. 시간과 땀, 내 마음까지 온전히 음악에 쏟으려 노력한다. 춤도 연기도 안 되는 내가 할 수 있는 것은 음악밖에 없으니 최선을 다하는 것이다.

"나는 촌스런 사람이라 사람을 직접 보고 눈을 마주치면서 이야기하는 것이 좋습니다. 그래야만 믿음이 쌓인다고 생각해요. 다만 나는 무대에서, 여러분은 객석에서 만났으면 합니다. 그래야 내가 최선을 다한, 최고의 선물을 여러분께 드릴 수 있으니까."

내가 팬들에게 늘 하는 말이다. 나는 음악으로 내 모든 이야기를 하고 있으니 그들은 찬찬히 내 음악을 감상하고 즐기면서 소통하면 된다. 그 이상의 것이 왜 필요한가. 그들 곁에서, 그들의 다친 마음을 위로해주고 희망을 전해주는 것은 내가 아니라 내 음악이다.

팬과의 관계도 마찬가지다. 나를 사랑해주는 팬들이 있고 그들의 전폭적인 지지는 정말 고맙지만, 너무 가까워도 너무 멀어도 안 되는 것이 가수와 팬의 관계다. 그들이 사랑해주는 것은 사실 나라는 사람 자체가 아닌, 내 음악이다. 팬들이 있어서 내가 음악에 자신감을 갖게 되고, 그들과의 대화를 통해 내가 미처 몰랐던 세상을 알게 되는 것은 분명히 좋은 일이다. 하지만 그들이 내 노래가 아닌 나 자체를 사랑하는 것이라고 착각하거나, 자신도 모르는 사이 그들에게 의존하거나 구걸하지 않도록 주의해야 한다. 냉정하게 말하면, 팬은 더 좋은 다른 노래나 가수가 나오면 미련 없이 떠날 수 있는 존재라는 걸 알아야 한다.

무대 위에 선 사람은 대중의 관심이나 외면에 흔들리지 말아야 한다. 그러기 위해선 무엇보다 자신의 음악이 더욱 탄탄해질 수 있도록 최선을 다해야 한다. 대중 또한 그의 음악 덕분에 조금이라도 위안을 얻었다면, 최소한의 존중을 보여주면 된다. 가수들이 음악을 세상에 내놓을 때 최선을 다하는 것처럼, 대중 역시 음악가를 존중해주길 바랄 뿐이다.

선생은
방향키 역할만
하면 된다 ━

요즘은 무엇이든 빨리빨리 결과를 얻으려고 하는 경향이 강하다. 그래서인지 많은 학원들이 '속성' '초스피드' '족집게' 등의 문구를 내걸며 조급한 이들을 현혹한다. 심지어 미술이나 음악 등 예술 영역에서조차 '입시'라는 타이틀 아래 시험에 합격할 수 있는 기술 위주의 교육이 이루어진다.

모든 설익은 것들이 제대로 된 가치를 발하기 힘든 것처럼, 음악 역시 제 안의 것을 끄집어내고 그것을 성숙시키는 시간 없이 무대에 서기 어렵다. 설사 운이 좋아 무대에 선다 한들 결국 누군가의 아류로 머물고 말거나, 혹은 잠시 반짝이다 이내 무대에서 내려오는 아픔을 맛보게 된다. 고민하고 탐색하고 시도하며 스스로 쌓아올린 내공이 아닌, 누군가에 의해 주입된 기술만으로는 결코 자신의 것을 만들지 못하기 때문이다.

스승이라면 제자를 또 다른 자신으로 만들어내기보다는 그 내면에 감춰진 꽃봉오리를 찾을 수 있도록 인도해야 한다. 아이가 가지고 있는 것을 아직 제대로 쓰지 못한다고 해서 섣불리 다른 것을 심어주려 해서는 안 된다. 선생은 그저 그 아이가 제 것을 잘 꺼낼 수 있도록 길을 터주는 것에서 멈춰야 한다. 스스로 먹지 못하는 아이가 안쓰럽고 답답하다 해서 밥알을 씹어 아이 입에 넣어줄 수는 없는 노릇 아닌가. 그러면 그 아이는 평생 제 스스로 일어서는 법을 익히지 못할 것이다.

그렇지만 많은 학원이나 기획사의 보컬 트레이너들은 정해놓은 틀 안에서 아이들을 훈련시키려 든다. 오죽하면 '각 기획사마다 정해진 창법이 있다'는 말까지 나올까. 표현법만 해도 그렇다. 같은 것을 보아도 저마다 느낌이 조금씩 다를 텐데, 이를 무시하고 모두에게 획일적인 표현법을 가르치고 있다. 이런 탓에 같은 기획사의 아이들은 마치 공장에서 찍어낸 것처럼 비슷한 창법, 비슷한 표현법으로 노래할 수밖에 없는 것이다.

시장 논리에서 보자면 기획사의 입장도 이해 못할 일은 아니다. 연습생들을 훈련시키고 무대에 세울 때까지 들어가는 시간과 노력이 만만치 않다 보니 아이들로 하여금 제 스스로 울림을 찾게 할 만한 여유가 없다. 그래서 최대한 검증된 방법으로 훈련시켜 조금이라도 더 빨리 아이들을 가수로 만들어야 투자 비용을 신속히 회수할 수 있다고 여기는 것이다. 더군다나 팀으로 아이돌 스타들을 만들어내는 시스템이다 보니 아이들은 솔리스트가 되기 위한 훈련을 미처 끝내지 못한 채 무대에 서게 된다. 결국 '프로 가수'로 활동하는데도, 가창력이나 표현력이 부족한 현상이 벌어지는 것이다. TV에서 어린 아이돌들을 보면 '조금 더 오랜 시간 동안 저 아이가 소리를 찾고 완성해가는 과정을 겪었다면 솔리스트로 빛을 발하지 않았을까' 하는 생각이 드는 경우가 있다. 숙성의 시간 없이 무대에 올라 멤버 중 하나로 묻혀 있는 아이들을 보면서 안타까움을 느끼는 것은 비단 나뿐만은 아닐 것이다.

사람의 몸은 저마다 다르다. 때문에 자신만의 소리를 찾는 가장 정확한 방법은 끊임없이 몸을 다양한 방식으로 사용해보는 것이다. 기본적인 음악적 재능을 가진 아이들은 제 몸을 이용하여 자연스러운 공명을 만드는 방법, 호흡을 효율적으로 사용하는 방법, 음역과 성량을 조절하는 방법을 배우고 훈련하는 과정에서 자신에게 가장 좋은 창법을 스스로 찾아내는 힘이 생긴다. 힘든 시간이지만 그런 과정을 겪어야 자기가 추구하는 음악을 제대로 표현할 수 있는 감성과 창법을 터득할 수 있다.

좀 더 쉬운 길도 있는데 왜 굳이 힘든 길로 가라고 하는 것인지 의문을 가질 수도 있지만, 검술을 배우겠다고 찾아온 제자에게 스승이 한동안 앞마당만 쓸게 하는 데는 다 이유가 있다. 검을 쓰기 전에 먼저 배워야 하는 것은 검을 다스릴 줄 아는 심성과 끊임없는 비질에도 지치지 않는 강한 체력과 인내심이기 때문이다.

음악도 이와 다르지 않다. 무대에서 노래를 부르는 것은 길어야 5분이지만, 그 5분을 위한 준비 시간은 수백 배가 되어도 충분하지 않다. 그 시간 동안 선생은 제자에게 도움이 될 만한 음악을 권해주고 스스로의 감성으로 느낄 수 있도록 기다리면 된다. 아이가 가진 좋은 소리를 잘 꺼내 쓸 수 있게 방향만 제시해주면, 그들은 다양한 시도를 통해 어떤 방법으로 자신이 원하는 소리를 만들 수 있는지 알게 되고, 마침내 자기 몸에 적합한 소리 운용법을 찾게 된다. 선생의 역할은 거기까지다. 나머지는 오롯이 배우는 이의 몫이다.

▶▶

사실 우리 때는 이런 최소한의 멘토링도 없었다. 때문에 내 몸에 맞는 창법을 찾기까지 더 오랜 시간이 걸렸고 시행착오도 많았다. 하지만 어찌 보면 그것이 다양한 음악에 대한 호기심을 발동시키고, 더 발전하게 해준 원동력이 되었는지도 모른다. 붙잡을 것도 도와줄 사람도 없으니 더욱 절박하고 간절했던 것이다.

나는 제아무리 사회가 빨리빨리를 외쳐댄다 해도 예술만큼은 충분히 숙성된 후 세상에 나와야 한다고 믿는다. 숙성 과정에서 선생은 아이에게 몸을 이용해서 소리를 내는 다양한 방법을 알려주되, 그것을 어떻게 표현할지는 아이의 개성에 맡겨야 한다. 그렇게 체득한 표현법은 그만의 가장 큰 강점이 되어 분명 아이를 빛나게 할 것이기 때문이다.

만일 감성이 부족한 아이라면 들꽃을 보러 나가게 하고, 바스락거리는 낙엽을 밟아보게 하는 편이 낫다. 그런 경험을 통해 느끼는 감정을 음악으로 옮기고, 표현해보면서 아이는 성숙의 단계로 접어들게 된다. 많은 시간이 걸린다 해도 아이들에게 '네 마음의 문으로 들어가보라'고 인도하는 것, 그것이 바로 선생의 역할이다.

나는 갑자기 홀로 망망대해를 항해해야 하는
아이들의 배가 목적지를 향해 가는 동안 난파되지 않도록,
또 그들이 외로운 항해에 힘겨워하지 않도록,
최소한 무엇이 닻이고 돛이며 방향타인지 항해에 필요한 기본 지식과
기술만큼은 가르쳐주는 것이 멘토로서 내 역할이라 믿었다.

왜 달걀로 바위를 치냐고요?

"왜 그러셨어요?"

언젠가 한 칼럼니스트가 나에게 물었다. 그는 내가 TV 인터뷰에서 "립싱크하는 가수는 가수가 아니다"라고 말한 것에 단단히 뿔이 난 듯했다. 그는 자기 생각과 다르다고 그것을 틀린 것으로 간주하는 것은 옳지 않다며 나를 힐난했다. 그런 그에게 나는 이렇게 말했다.

"그건 '다른 것'이 아니라 '틀린 것'이에요. 음반 녹음할 때 딱 한 번 부르고 그 노랠 직접 부르지 않는 사람을 어떻게 가수라고 할 수 있겠어요? 가수는 노래 부르는 것이 직업인 사람을 말한다고 사전에도 나와 있잖아요."

▶▶

그들이 연예인이 아니라거나 스타가 아니라고 말하는 것이 아니다. 다만 그런 이들이라면 '노래를 부르는 것'이 직업이라 할 수 없으니 결코 가수라 불러서는 안 된다는 뜻이다. 그렇다고 내가 그들에게 노래를 잘하라고 주문하는 것도 아니다. 다만 적어도 가수가 직업이라면 무대 위에서 직접 노래를 불러야 한다는 것이 내 생각이다. 그것이 힘들거나 싫다면, 가수라는 타이틀을 포기하는 것이 맞다.

설명을 계속하자 그제야 오해가 풀렸는지 그는 자신이 나의 오랜 팬임을 고백해왔다. 그러면서 내가 그런 입바른 소리들로 적을 만드는 것이 안타깝다고 말했다.

"적이 많으시겠어요."

"이제 그런 걸 두려워할 나이는 아니잖아요."

사실 내 입바른 소리를 듣기 싫어하는 대중들만이 내 적은 아닐 것이다. 한때는 방송국 윗선에 계신 분들을 찾아가 거칠게 소리를 질렀던 적도 있었다. 방송 출연 규정이 지금보다 훨씬 더 까다로웠던 시절, 그들은 어느 로커의 긴 머리를 못마땅하게 여겨 기어이 머리를 고무줄로 질끈 묶게 하고서야 방송에 내보내줬다. 어디 그뿐인가. 찢어진 청바지도 입어서는 안 되고 선글라스도 착용 금지라며 막으셨다. 그런 그들이 어느 날 인기 많은 가수라는 이유로 빨간 레게머리의 누군가를 무대에 올렸고, 나는 그들의 어이없는 이중 잣대에 분노했다.

신인 시절, 어느 방송국 프로그램에서 내게 동요를 불러달라고 요청한 적이 있었다. 나는 내 창법이나 스타일이 동요와는 맞지 않는다며 거절했다. 사람들에게 널리 알려지지 않은 햇병아리 가수에게 드물게 찾아온 방송 출연의 기회였지만, 나와 어울리지 않는 무대에 오를 수는 없는 일이었다. 음악 프로그램에서 꽤나 경력이 있었던 담당 PD는 내게 화를 내며 "앞으로 얼마나 잘되는지 두고 보겠다"며 악담을 했다. 오랜 세월이 흐른 어느 날, 홍대 앞의 술집에서 그 PD를 우연히 만나게 됐다. 그는 그때 이야기를 먼저 꺼내며 내게 정중히 사과했다. 당시의 내 판단과 행동이 옳았다는 말도 잊지 않았다.

▸▸

연예기획사들의 노예계약에 관한 인터뷰를 하면서 알게 된 MBC의 이상호 기자는 인터뷰 이후에도 서로에게 힘이 되는 관계로 발전, 이제는 든든한 동생이자 믿음직한 아군이 되었다. 그는 자신의 책에서 나와의 인연을 이렇게 적었다.

세상을 떠들썩하게 만들었던 연예계 노예계약 실태를 고발할 당시, 가수 이은미는 연예계에 만연해 있던 노예계약 실태를 유일하게 인터뷰해준 현역 가수였다. 나는 그녀의 용기에 힘을 얻어 보도를 관철할 수 있었다. (중략) 보도가 나가자 연예제작자협회의 집단적 반발이 시작되었다. 기획사들이 국내 정상급 가수 백여 명을 내세워 (중략) 출연거부사태가 이어졌다. (중략) 그사이 가수 이은미는 그야말로 파상적인 압력에 시달려야 했다. '입바른 말'을 한 죄로 미운털이 박힌 이은미에게 가요계는 바늘방석이었다. 대형 기획사들은 이은미가 출연할 경우 자신들의 가수들을 출연시키지 않겠다며 방송계를 압박했다. 이은미는 한동안 TV에서 잊혀진 가수가 되었다. (중략) 나는 아직 가수 이은미만큼 '용기 있는 가수'를 보지 못했다.

나에 대해서 좀 과하게 표현하긴 했지만, 변화에는 반드시 누군가의 희생이 따른다. 희생이 소중한 이유는, 스스로를 버려 가치 있는 것을 구할 수 있기 때문이다.

"요즘 많이 힘드시겠어요."

2010년 한 지인이 나를 염려하며 안부를 물어왔다. 그는 내가 음악 오디션 프로그램의 멘토로 활동하며 소위 말하는 '안티'들이 늘어난 것에 대해 조심스레 위로와 격려의 말을 건넸다.

"뭐 그럴 수도 있죠. 듣기 싫은 말을 하면 그 사람이 싫어질 수도 있는 것 아니겠어요?"

그의 심각한 표정과는 달리 나는 웃으며 대답했다. 방송을 시작하기 전부터 대중의 반응에 대해 어느 정도 예상을 했던 터라 내게는 그리 별스럽지 않았는데, 나를 지켜보는 이들은 그렇지 않았던 모양이다. 염려와 격려에 감사하지만 나는 여전히 씩씩하고 앞으로도 그럴 것이니, 걱정하지 않아도 된다고 말하고 싶다.

음악 오디션 프로그램의 궁극적 목적은 무엇일까? 현재의 음악 실력만을 보고 당락을 결정하는 것이라면 굳이 멘토 시스템을 도입하거나 여러 번에 걸쳐 방송을 내보낼 필요는 없을 것이다. '감동'이나 '인간 승리'라는 드라마적 요소를 원했던 것이라면 굳이 음악 오디션 프로그램을 할 필요가 있을까? 그냥 '인간극장'과 같은 휴먼 다큐멘터리를 찍으면 될 일이니 말이다.

음악 오디션 프로그램의 본질은 '멘토들의 조언을 듣고 부족한 점을 보완하고 성장해나가는 것, 그리고 성장 가능성을 보여주는 멘티들에게 다음 무대에 설 수 있는 기회를 주는 것'에 있다고 생각한다. 그 안에 인간 승리의 드라마까지 있으면 더 감동적이겠지만, 그것이 지나치면 음악 오디션 프로그램의 본질은 왜곡될 수밖에 없다.

하지만 드라마적인 면이 더 부각되는 탓에, 당장은 멋지게 들릴지 몰라도 프로 음악가들과 비교했을 때 그들의 실력은 턱없이 부족한 것이 사실이다. 프로들과 견주어도 결코 뒤지지 않을 정도로 실력을 향상시키기 위해 그들에게 필요한 것은 화려한 기교가 아닌 기본기다. 기교는 기본기가 탄탄하게 다져진 이후에 익혀도 충분하기에 나는 멘토링과 심사평을 통해 늘 기본기를 지적했다. 다행히 멘토들의 조언에 귀 기울이고 부족한 점을 채우기 위해 노력한 이들은 무대가 이어질수록 조금씩 성장하는 모습을 보여줬다. 하지만 도대체 왜 자신에게 그런 지적을 하는지, 심지어 그게 무슨 말인지조차 알아듣지 못하는 이들이 있었던 것도 사실이다. 간혹, 내가 예능 프로그램에 너무 진지한 의미를 부여하는 것은 아닌지 회의가 들 때도 있었으나, 그렇다면 애초부터 출연을 하지 말았어야 했다.

▶▶

"자라나는 새싹들을 꼭 그렇게 야박한 말로 기를 죽여야 했나요?"

이런 질문을 하는 이들도 있었다. 더 따뜻하게 그들을 품지 못한 것은 내 부족한 소양 때문이다. 하지만 그들에게 '따뜻한 품'은 대중의 관심만으로 충분하다. 내가 그들을 위해 할 수 있는 일은 대중에게 오래도록 사랑받을 수 있도록 실력을 키워주는 것이라 믿었다. 나는 적어도 아이들이 내게 가르침을 받는 시간 동안 더 많은 것을 알려주고 싶었고, 스스로 실력을 쌓아나갈 수 있도록 기본기만큼은 꼭 만들어주고자 했다.

프로그램이 방영되는 기간에는 스포트라이트를 받았어도, 막을 내리는 순간부터 그들은 드라마가 아닌, 철저히 실력만으로 승부를 내야 하는 냉혹한 현실과 마주해야 한다. 그들의 드라마에 환호를 보내던 대중의 관심은 오래지 않아 또 다른 드라마를 찾아 옮겨갈 것이다. 그렇기에 나는 갑자기 홀로 망망대해를 항해해야 하는 아이들의 배가 목적지를 향해 가는 동안 난파되지 않도록, 또 그들이 외로운 항해에 힘겨워하지 않도록, 최소한 무엇이 닻이고 돛이며 방향타인지 항해에 필요한 기본 지식과 기술만큼은 가르쳐주는 것이 멘토로서 내 역할이라 믿었다.

그런 마음에서 내가 그들에게 했던 말들이 설사 달걀로 바위 치기가 되었을지언정, 나는 적어도 바위에 계란의 흔적이라도 남아 있을 것이라고 믿고 싶다. 내 모진 가르침에 눈물을 뚝뚝 흘리며 섭섭해하던 아이는 방송 마지막

날, 내게 "떨어지고 나서야 비로소 선생님이 했던 말의 의미를 알았다"라며 내게 고백해왔다. 그것이면 충분하다. 포기하지 않고 노력한다면 그 아이는 자신의 꿈을 이룰 수 있을 것이라 믿는다.

나의 무대는
내가 만든다

—

2009년 봄, 미니앨범 '소리 위를 걷다'를 발표한 직후부터 나는 데뷔 20주년을 맞아 전국 투어 콘서트를 시작했다. 물론 이전에도 나는 내 음악을 원하는 곳이면 어디든 달려가 콘서트를 열었다. 하지만 2년 동안 64개 도시를 돌며 114회라는 기록적인 횟수의 공연을 한 데는 더 특별한 의미가 있다.

나는 '무대가 없어 예능 프로그램에 출연한다'는 가수들을 이해할 수가 없다. 차라리 좀 더 빨리 인기를 얻기 위해, 자신을 알리기 위해 예능에 출연하는 것이라고 솔직하게 이야기한다면 그들을 응원해줄 수 있다. 가수의 길을 고집하며 연예인이 되기를 거부하는 것이 내 선택이듯, 그러한 선택 역시 나는 기꺼이 존중해줄 마음이 있다.

하지만 적어도 '무대가 없어서'라는 변명은 하지 않았으면 한다. 그들이 생각하는 무대가 어떤 것인지는 모르지만, 20여 년을 가수로 살아온 내가 생각하는 무대란 '노래를 부를 수 있는 곳'이면 충분하다.

긴 공연을 치르다 보면 체력 소모도 만만치 않지만 그보다 더 힘겨운 것은 매번 무대에 설 때마다 늘 처음과 같은 감정으로 노래를 불러야 한다는 것이다. 내 몸이 힘들다고 관객들에게 최선을 보여주지 못하는 것은 있을 수 없는 일이다. 돌이켜보면 내가 그것을 어찌 해냈을까 아득할 정도로 치열한 나날들이었다.

공연을 마치고 무대에서 내려올 때마다 나는 가슴을 쓸어내린다. 이 무대에서 내 안의 것을 모두 쏟아냈는데, 며칠 뒤 다시 이 감정들을 끌어올려야 하는 것이 두려운 탓이다. 공연 후반으로 접어들면 링거를 맞는 횟수도 늘어난다. 그렇게 하면서까지 지방의 작은 공연장을 찾아다닌 것은 솔직히 오기가 발동했기 때문이다. '무대가 없어서'라는 구차한 변명 뒤에 숨어서 가수의 본분을 내려놓은 그들에게 보란 듯이 해내고 싶기도 했으니까. 하지만 그보다는 내가 앞서 길을 닦아놓으면 누군가 나를 보고 힘을 얻어, 열심히 무대를 찾을 것이라는 믿음이 있었기에 나는 단 한 번도 쉬지 않고 공연을 이어갈 수 있었다.

▶▶

　지방자치제 실시 이후 대한민국에는 약 150개의 문화예술회관이 만들어졌다. 어떤 도시에 가면 으레 가장 크고 웅장한 건물들은 시청이나 군청, 혹은 문화예술회관이다. 하지만 수백억 원이 들어갔을 공연장이 예비군 훈련 교육장으로 사용되거나, 지역 유지의 자녀들이 유학을 마치고 돌아와 귀국 연주회 등을 여는 곳으로 쓰이는 게 전부였다. 당시만 해도 공연기획 예산이 충분하지 않았을뿐더러, 전체 예산의 90퍼센트는 공연장의 관리비로 사용되고 있었기 때문이다.

　여러 지역에 번듯한 공연장이 들어섰다는 것은 일견 희망적인 현상이지만, 행정 과시적인 측면에서 만들어진 경우도 많다. 더군다나 문화예술회관은 지방자치단체에서 관할하는 것이라 중앙정부에서 할 수 있는 일은 그저 지침을 내리는 것뿐이다. 지자체에서 그것을 따르지 않는다 해도 어쩔 수 없는 것이 현실이다. 기왕 만들어진 공연장을 놀리는 것은 분명 바람직한 일이 아닐 텐데, 대중 음악가가 그곳에서 공연할 수 있는 방법은 많지 않았다. 기껏해야 공연료를 대폭 낮춰서 문화예술회관이 자체적으로 공연을 기획할 수 있게 해주거나, 그 지역의 공연기획자가 흥행에 성공할 수 있도록 도와주는 것 이외에는 별다른 대안이랄 것이 나올 수 없는 상황이었다. 다시 말해, 누군가의 희생 없이는 시도해볼 기회조차 갖기 힘들었다.

솔직히 많은 가수들이 지방 중소도시의 문화예술회관에서 공연할 생각을 못하는 데는 금전적인 이유가 크다. 나 역시 계산기를 아무리 두드려보아도 답이 나오지 않았다. 사실 나와 함께 움직이는 스태프들, 기기 임대, 공연장 대관 및 홍보 등을 위한 비용을 고려하면 최소 천 석은 확보되어야 안정적인 공연이 가능하다. 하지만 나는 그보다 적은 객석, 심지어 천 석 이하의 공연장도 마다하지 않고 찾아다녔다.

내가 전국의 문화예술회관을 공연장으로 떠올린 것은 사실 그보다 훨씬 더 오래전의 일이었다. 2003년, '문화혁명'이라는 타이틀 아래 나는 전국 투어콘서트를 기획했다. 이때 문화예술회관을 공연장으로 활용해보자는 아이디어가 나왔는데, 안타깝게도 낡은 관행과 예산 부족 문제로 중간에 좌절되고 말았다. 그 안타까움이 오죽했으면 '문화혁명'이라고 쓰인 깃발을 높이 든 모습의 포스터를 만들어 그것을 신문 전면 광고로 실었겠는가. 이는 '음악가'에게는 허용되지만 '딴따라'에게는 안 된다며 빗장을 굳게 걸어 잠근 문화예술회관에 대한 반발이기도 했지만, "두드려라, 그러면 열릴 것이다"라는 말처럼 대중 음악가들이 너나없이 나서서 문화예술회관을 사용할 수 있는 분위기를 만들자는 취지에서 시작한 일이기도 했다.

사실 애당초 클래식 전용 공연장으로 지어진 극장에서 굳이 공연을 하겠다고, 그것도 극장 측에서 원하는 모습으로 하겠다고 저자세로 나갈 필요는 없었다. 하지만 공연장이라고는 문화예술회관 하나뿐인 도시에서조차 가수의 공연을 받지 않겠다면 도대체 가수들은 어디에서 공연을 하란 말인가? 게다가 그 공연장은 시민의 세금으로, 시민을 위해 지어놓은 곳인데 말이다.

2009년 공연을 계획하며 다시 떠오른 문화예술회관은 내 머리에서 떠나지 않았고, 결국 만만치 않은 대관료를 제하고 남은 돈으로 예산을 짜맞추다 보니 내 개런티를 낮추는 수밖에 답이 없었다. 가뜩이나 예산이 부족해 나를 비롯한 모든 스태프들은 이미 평소의 절반 이하로 보수를 낮춘 상황이었는데, 그런 그들에게 더 이상의 희생은 요구할 수 없어 내 몫을 줄이게 되었다.

▶▶

수익은 줄었지만, 대신 돈보다 귀한 것을 많이 얻었다. 우선은 숫자가 주는 허상을 깨뜨린 것이 기쁘다. 큰 공연장에 많은 관객이 와야만 행복한 공연이라고 생각하는 것이 착각이라는 것을 작고 소박한 공연들을 통해 깨달았다.

두 번째로 얻은 것은 같이 성장해가는 내 사람들이다. 그들은 나와 함께 전국 순회공연을 펼치며 하루가 다르게 일취월장하는 모습을 보여주었다. 원래 나는 공연장의 소리를 제대로 잡기 위해 리허설을 길게 하는 편이다. 극장마다 상황이 다르니 그에 맞는 최고의 소리를 찾으려면 어쩔 수 없는 과정이지만, 그 탓에 공연 초기에는 리허설만 다섯 시간을 했다. 한번은 참다못한 엔지니어가 더는 못하겠다며 손을 들기도 했다.

"누나는 요구 사항이 너무 많아요."

무대에서 노래만 부르는 나와 달리, 엔지니어들이 무대 뒤에서 얼마나 고생하는지 잘 아는 나로서는 그들에게 늘 미안하고 고마운 마음이 컸다. 하지만 소리를 소홀히 할 수는 없었다. 다행히도 결국 그들은 내 의견에 수긍했고, 훌륭한 공연을 연출해주었다. 이는 음향을 비롯한 조명, 영상, 무대, 특수

효과, 중계, 연출 등을 맡은 이들의 프로 의식이 없었다면 불가능한 일이다. 그래서 나는 늘 그들에게 감사한다.

내 콘서트의 음향을 10년째 책임지고 있는 김영일 감독은 막 음향 엔지니어를 시작했을 무렵부터 나를 만나, 솔직히 내게 심한 말도 많이 들었다. 그럼에도 여전히 그는 나와 함께 공연장의 소리를 만들고 있다. 많은 공연장 엔지니어들이 손사래를 치고 떨어져 나갔지만 뚝심 하나로 버텨낸 근성 있는 사람이다. 10년이 지난 지금 그는 누가 뭐래도 대한민국 최고의 공연 음향 엔지니어로 성장했고, 나는 그가 자랑스럽다.

예나 지금이나 우리나라의 공연 환경은 열악하기 그지없다. 관객들은 티켓값이 너무 비싸다고 불평하지만, 공연하는 사람의 입장에선 하루 2회의 공연을 하지 않으면 힘든 상황이다. 비싼 대관료와 공연 장비, 홍보 등 적지 않은 돈이 들어간다. 한 가수가 하루에 2회에 걸쳐 콘서트를 하는 나라도 우리나라밖에 없는 것 같다. 그래서 공연 수지를 맞추려면 한 번에 많은 관객을 수용할 수 있는 체육관 등에서 공연하게 되는데 이는 사실상 좋은 소리를 포기한다는 의미이기도 하다.

아무튼 우리는 64개 도시, 114회의 공연을 단 한 차례의 사고도 없이 무사히 끝냈다. 이젠 어떤 곳에서 공연을 하건 거뜬히 소화할 수 있다는 자신감이 생겼다. 우리가 할 수 있다면 누구나 할 수 있다. 이런 경험이 반복되면 시스템으로 정착될 것이고, 그러면 공연 준비 과정이 훨씬 수월해질 것이다.

공연장도 마찬가지다. 문은 처음 열 때가 힘들 뿐, 누군가 그 문을 열어놓으면 그다음부터는 쉽게 드나들 수 있다. 나는 우리의 공연 문화가 좀 더 풍족해지기를 진심으로 바란다.

길은 찾으면 되고, 문은 두드려 열면 되고, 무대는 만들면 된다. 음악인이 무대를 찾지 않으면 가수가 공연할 수 있는 여건은 점점 안 좋아지고, 콘서트를 꾸밀 수 있는 사람도 없어질 것이며, 관객도 사라질 것이다. 이는 결국 우리 스스로가 무대를 잃는 격이다.

▸▸

방송국의 음악 무대도 어렵기는 마찬가지다. 음악 프로그램이 많지 않고, 밴드가 연주할 수 있는 무대는 더욱 제한적이기 때문이다. 주로 10대들을 위한 요즘의 음악 프로그램에서는 밴드가 연주하는 모습을 전혀 볼 수가 없는데, 거기에는 몇 가지 이유가 있다.

첫째, 립싱크 위주의 무대가 많다 보니 굳이 연주 팀을 필요로 하지 않는 탓이다. 게다가 길지 않은 방송 시간 내에 하나라도 더 많은 팀이 무대에 올라야 하니, 중간에 연주 팀을 교체할 시간이 있을 리가 없다.

둘째, 악기 연주가 아닌 미디 등의 컴퓨터 사운드로 녹음을 하다 보니 악기가 필요하지 않고, 그러니 방송에서 악기를 사용한다는 것도 무리한 일이 되어버린 것이다.

대중에게는 그리 큰 문제로 여겨지지 않을지 모르지만, 실제로 이 지점에서 파생되는 문제들은 무척 심각한 수준이다. 주류를 이루는 음악들이 컴퓨터 사운드로 대체되면서 연주자의 성장을 가로막고, 음악을 공부하는 사람들이 악기 연주에 매력을 느끼지 못하게 한다. 결국 악기를 연주할 수 있는 사람들을 찾는 수요는 줄고, 그에 맞물려 공급도 적어지는 악순환이 이어지면서 이미 어린 친구들 사이에서 연주가 지망생을 찾아보기란 무척 힘든 일이 됐다.

셋째, 방송국의 음향 시스템 문제다. 어쩌면 위에 열거한 많은 문제들은 방송 시스템에서 시작되었다고 해도 과언이 아니다. 이것은 역으로 말하면 방송 시스템의 개혁을 통해 음악을 제자리로 돌려놓을 수 있다는 뜻이기도 하다.

나는 밴드 음악을 고집하다 보니 음악 프로그램에 나가기 전에 많은 연습이 필요하다. 건반 소리 하나하나의 느낌과 터치, 들릴 듯 말 듯 이어지는 기타의 여운도 곡의 완성도를 높여준다. 한 곡의 완성은 모든 사운드의 하모니로 이루어지고 마지막 호흡마저 중요하다. 하지만 녹화를 끝낸 뒤 방송을 보면 기가 막힐 때가 한두 번이 아니다. 소리의 밸런스는 고사하고 어떤 악기 소리는 아예 들리지도 않는다. 열심히 준비하고 공들였는데 정작 방송에서 사운드가 뭉개지는 걸 들으면 허무함이 밀려든다. 사운드 시스템이 그러니 "우린 그런 사운드보다는 차라리 반주 CD에 맞춰 립싱크를 하겠다"고 가수들이 주장한들 무슨 논리로 방송국이 그것을 반박할 것인가.

이런 이유로 가수들은 립싱크를 하거나 반주 CD에 맞춰 노래를 하게 되고, 방송국에서는 CD 플레이어 한 대만 있으면 방송을 무사히(?) 만들 수 있는 것이 현실이다.

요즘 대중의 관심이 〈나는 가수다〉라는 프로그램에 많이 쏠려 있다. 역량 있는 가수들이 매주 아름다운 노래로 감동을 선사한다. 이 프로그램이 불러일으킨 논쟁은 차치하고, 음향에 신경 써서 좋은 사운드를 만들어내는 음악 프로그램이라는 점에는 박수를 보내고 싶다.

사실 그것이 특별한 기술이 더해진 결과라고 여기지는 않는다. 녹화를 하고 방송이 나가기까지는 보통 일주일가량의 시간이 있다. 그동안 현장에서 녹음한 음원의 부족한 부분을 보완하고, 음반 수준의 믹싱 작업을 거치면 나올 수 있는 사운드이기 때문이다. 그 과정이 있기에 방송 직후 완성도 높은 사운드의 음원도 공급할 수 있는 것이다.

이는 모든 음악 프로그램에서 꼭 필요한 작업이라고 생각한다. 그런데 현재 음악 프로그램에서 주로 사용하는 현장 믹싱 사운드로는 〈나는 가수다〉의 사운드를 따라갈 수가 없다. 때문에 단순 비교될 수 있는 사운드로 인해 가수들이 다른 음악 프로그램에 출연하는 것을 망설일 수도 있지 않을까 하는 생각도 든다.

물론 방송국에선 제작비 문제를 이유로 들 수 있을 것이다. 어떤 음악 프로그램은 매주 녹화할 때마다 1억 원씩 적자를 감수해야 한다고 한다. 어쨌든 이 방면에서 가장 역량 있고 우수한 인재들 대부분이 방송국에 몸을 담고 있다. 방송국에서 그런 인력을 제대로 활용해 대중음악의 질적인 퇴보를 막고, 대중음악이 선순환될 수 있도록 정성을 기울이길 바랄 뿐이다.

한 곡의 완성은 모든 사운드의 하모니로 이루어지고
마지막 호흡마저 중요하다.

하지만 녹화를 끝낸 뒤 방송을 보면 기가 막힐 때가 한두 번이 아니다.
소리의 밸런스는 고사하고 어떤 악기 소리는 아예 들리지도 않는다.
열심히 준비하고 공들였는데 정작 방송에서
사운드가 뭉개지는 걸 들으면 허무함이 밀려든다.

03

음악, 사랑이고 희망이다

내가 음악과 함께 걸어온 길에는 언제나 사람들이 있었다.

나와 내 음악을 지켜주고,

음악과 사람 안에 사랑과 희망이 있음을 가르쳐준 그들을 사랑한다.

내겐
최고도, 최악도
없다

—

무대에서 마지막 호흡을 내쉬고 내려오는 길은 무대에 오르는 순간만큼 힘겹다. 육체적 피로감도 크지만 내 안의 것을 다 쏟아낸 뒤에 찾아오는 정신적 피로감을 견디는 것은 쉽지 않다. 수백 번 공연을 해왔으면 이제 좀 편해질 만도 한데, 나는 여전히 긴장의 끈을 놓지 못한다.

모든 생명체는 불안정하다. 끊임없이 외부의 것을 받아들이고, 또 끊임없이 자기 안의 것을 내보내며 생명을 유지해나간다. 어쩌면 산다는 것은 자기 자신과의 쉼 없는 전쟁인지도 모른다.

금붕어가 어항 속에서 낳는 알의 숫자는 자연 상태에서 낳는 숫자의 절반에도 못 미친다고 한다. 어항 속 금붕어는 얼핏 유유자적해 보이지만, 사실 '고통'이라는 자연의 법칙을 체득하지 못해 그만큼 나약해진 것이다. 생활이 힘겹다 하여 안정만을 추구한다면, 그 순간 생명은 빛을 잃는다.

10년 전 내 노래가 크게 인기를 끌었다 해서 그것에 안주한다면, 그것은 곧 내가 이미 10년의 세월만큼 퇴보한다는 것, 내 음악이 대중 속에서 생명력을 잃는다는 것을 뜻한다. 이것은 공연도 마찬가지다. 실제로 나는 공연을 통해 완벽한 일체감을 느낀 적이 몇 번 있다. 나의 소리와 밴드의 연주, 공연장의 음향, 관객들의 호응, 심지어 공연장의 조명까지 드라마틱한 조화를 이루어, 전혀 새로운 만족감을 얻기도 한다.

하지만 나는 결코 그런 순간을 가슴에 담아두지 않는다. 무대에서 내려오자마자 모두 비우고 지워버린다. 아무리 만족스러운 공연이었다 해도 그 순간을 내 안에 담아두고 자만하는 이상, 결코 그것을 뛰어넘는 무대를 만들지 못할 것이기 때문이다.

만족스럽지 못한 공연도 마찬가지다. 공연을 하다 보면 여러 가지 이유로 아쉬움을 느끼는 경우가 종종 생긴다. 그렇다고 계속 자책한다면 어떤 식으로든 다음 공연에 걸림돌로 작용하고 만다.

무엇보다 내가 공연을 하면서 좋았던 것도, 나빴던 것도 기억하지 않는 이유는 틀에 갇히는 것이 싫어서다. 틀을 만들지 않으려면, 혹은 이미 내 안에 만들어져 있는 틀을 깨부수려면, 끊임없이 장점은 뛰어넘고 단점은 보완하고 줄여나가는 노력이 필요하다.

▸▸

공연은 대략 다음과 같은 과정을 거쳐 준비된다. 우선 공연에서 부를 곡들을 선정해 나와 밴드에 맞게 편곡한 후, 창법이나 소리의 운용 등 내가 그노래를 잘 표현할 수 있는 방법을 생각한다. 나뿐만 아니라 밴드도 이 과정에서 각자의 파트에서 어떤 소리를 만들어낼지 고민한다. 가수에게는 이 과정이 스스로의 능력에 따라 즐거운 작업일 수도 있고 고통의 시간이 될 수도 있다. 20년 넘게 소리를 만드는 작업을 하고 살면서도, 난 아직 내가 원하는 소리를 내지 못하는 경우가 자주 있다.

저마다 지문이 모두 다른 것처럼, 사람의 구강 구조나 성대의 모양, 소리를 만드는 머리나 가슴 등의 체형도 제각각이다. 때문에 내가 가지고 있는 신체적 조건만으로 모든 소리를 만족스러운 수준으로 내기란 결코 쉽지 않은 일이다.

방법은 두 가지다. 하나는 무대에서 원하지 않는 소리를 내면서라도 노래하는 것이고, 또 하나는 원하는 소리가 만들어질 때까지 연습하는 것이다. 사실 두 가지 모두 고통스러운 방식인데, 후자를 택하면 실제로 연습을 반복하면서 원하는 소리에 근접할 수 있다. 이것은 단 며칠이 걸릴 수도 있고, 몇 달이 걸릴 수도 있는 작업이라 정신적 압박을 견뎌내기가 쉽지 않다. 하지만 그런 과정을 통해서만 원하는 소리에 다가설 수 있기에 나는 끊임없이 연습을 하고 또 한다. 원하는 소리를 내지 못한다면 그 곡을 노래하면서 나는 결코 행복하지 않을 것이고, 또 노래하는 내내 관객 앞에서 발가벗겨진 기분이 들 테니 말이다.

내가 어느 자리에 있든, 어떤 여건이든 늘 잊지 말자고 다짐하는 것이 있다. '절대로 그 자리에 멈춰 서지 말자.' 1등이 되기 위해, 성공을 위해 무조건 내달리자는 것이 아니라, 음악을 사랑한다면 그 사랑이 식지 않게 노력해야 한다는 뜻이다. 예컨대 댄스곡을 잘 소화한다고 해서 댄스곡만 연습한다거나, 자신이 잘하는 창법만 고집하는 것은 상당히 위험한 일이다. 어떻게 생각하면 외부에서 볼 때 그것은 나만의 색깔이나 개성이 될 수 있다. 하지만 그런 판단은 어디까지나 외부의 시각일 뿐, 스스로 자신을 그런 식으로 규정짓는 것은 위험하다. 그것은 '더 이상 나아가지 않고 멈추겠다'는 말과 같은 뜻이기 때문이다.

고인 물은 썩을 수밖에 없다. 늘 신선함을 유지하려면 험한 계곡도 거침없이 뛰어넘어야 하고, 드넓은 강을 만나도 쉼 없이 흘러가야 한다. 멈추지 않고 흐르는 것, 그것은 앞으로도 내 음악 인생의 중심을 잡아줄 가치가 될 것이다.

당신과 함께해서 참 행복해

"함께 고생하신 모든 스태프들에게 진심으로 감사합니다."

연말이 되면 각종 시상식에서 빠지지 않고 등장하는 수상 소감이다. 그저 일상적인 멘트로 들릴지도 모르지만, 프로로 활동하는 사람이라면 누구나 그 말이 진심에서 우러나온 것임을 안다. 자신을 빛나게 하기 위해 얼마나 많은 사람들이 고생했는지 알기에, 시상식 같은 영광스러운 자리에선 더더욱 그들의 얼굴이 떠오를 것이다.

내 음악 인생에도 소중하고 고마운 이들이 정말 많다. 언제나 든든한 버팀목이 되어주는 밴드 식구들, 늘 나를 믿고 지원해주는 기획사 사람들, 갈수록 까다로워지는 나의 못된 귀를 만족시키느라 밤낮으로 애쓰는 엔지니어들, 대한민국에서 가장 많은 공연을 하는 내 무대를 만들기 위해 각 도시와 공연장을 돌며 1년 내내 공연을 준비하는 공연기획팀, 이은미다운 곡을 세상에 내놓기 위해 오랜 산고產苦도 마다하지 않는 작곡가와 작사가들…… 단 몇 마디로 고마운 마음을 전하는 것이 미안해서 차마 입을 떼기가 민망하다.

이은미의 음악, 이은미의 무대 등 '가수 이은미'가 있기까지 내 뒤에 그들이 버티고 있지 않았다면 아마 나는 첫발조차 내딛기 힘들었을 것이다. 그럼에도 언제나 영광은 내 차지가 되니 늘 미안할 따름이다. 음악으로 인해 많은 이들을 만나고, 그들의 소중함을 느끼면서, 사람이 얼마나 힘을 주는 존재인지 새삼 깨닫는다.

6집을 발표하기 전 깊은 우울의 늪에서 벗어나지 못하고 오랜 시간 방황하던 시절, 나는 사람들 뇌리에서 서서히 잊혀가는 존재였다. 하지만 음악 없이는 살 수 없다는 확신을 되찾고 난 후, 나는 어떻게든 마음을 추스르고 일어서려 노력했다.

다시 음반을 발표하고 무대에 올라 대중들과 음악을 통해 대화를 나누고 싶었다. 하지만 얼마간의 공백기 동안 나와 한 팀을 이뤄 공연 무대를 만들던 스태프들은 이미 성장해서 한 단계 높은 곳에 올라가 있었다. 누구보다 내 음악을 잘 이해하고 따라주던 사람들이었기에 나는 그들의 도움이 절실했다.

하지만 관객이 내 공연을 다시 찾아줄 것이란 확신을 쉽게 가질 수 없었다. 그렇다고 공연기획팀에 모험을 해서라도 전국 투어를 기획하라고 강요할 수도 없었다.

그래도 나는 결단을 내려야 했다. 밴드 인원수를 줄이고 장비도 대폭 줄여서라도 공연을 다시 시작하기로 했다. 내가 부탁하면 그들은 자신들의 수익을 낮춰서라도 내 공연을 예전 수준으로 맞춰줄 수 있었겠지만, 나는 그렇게까지 하고 싶지 않았다. 개인적인 문제 때문이었든, 현실의 벽 때문이었든 어쨌거나 그 뭔가를 뛰어넘지 못한 탓에 나는 지금 여기에 서 있는데, 그들에게 그 짐을 분담하자고 부탁해서는 안 되는 것이었다. 식구 같은 사람들이라 흥정을 하기는 더더욱 싫었다.

내 제안에 그들은 '이은미의 자존심은 곧 우리의 자존심'이라며 힘을 보태겠다는 의지를 보여주었다. 이은미의 자존심이 무너지는 것은 그들도 볼 수 없다는 뜻이었다. 말로 다할 수 없는 고마움에 나는 그저 고개를 숙일 수밖에 없었다. 나와의 의리를 지키기 위해 기꺼이 손해를 감수한 그 친구들 덕분에 나는 다시 공연을 시작할 수 있었다.

긴 시간을 돌아왔지만 주위에서 지켜주는 이들이 있어 나는 다시 일어설 수 있었고, 돌아오는 데 걸린 시간은 그만큼 나를 더 성숙하게 해주었으니 안타까워할 일도 아니었다. 모든 것에, 모두에게, 나 자신에게 나는 빚이 많은 사람이다.

音楽 작업을 하며 심심치 않게 부딪치는 이들이 바로 녹음실의 엔지니어들이다. 만족스런 사운드를 찾아내기 위해서는 어쩔 수 없이 엔지니어들을 괴롭힐 수밖에 없다.

유능한 음향 엔지니어란 '따뜻하게' '옆에서 속삭이듯이'처럼 뜬구름 잡는 주문을 들어도 그런 느낌의 소리를 잡아내는 능력을 가진 사람이다. 차라리 그런 주문들은 오히려 쉬운 편에 속한다. 사실 주문하는 사람도 원하는 소리를 말로 설명한다는 것부터 쉽지 않은 일이다. 머릿속에만 존재하는 소리의 느낌을 상대에게 전하는 것은 무척 어렵다. 그러니 원하는 느낌의 소리를 발견하기란 엔지니어들에게 하늘의 별을 따는 것만큼 난해한 작업이다. 다행히도 나와 함께 일하는 엔지니어들은 결국 그 소리를 찾아내고야 만다.

음악가와 엔지니어 사이에는 교감이 매우 중요하다. 같은 대상도 사람마다 서로 다르게 느낄 수 있으니, 내가 말하는 '사랑'을 그들도 같은 '사랑'으로 느껴야 좋은 결과물이 나온다. 때문에 대부분의 음악가와 엔지니어들은 레퍼런스, 즉 참고할 만한 자료들을 공유하며 서로 소통하기 위해 애쓴다. 하지만 나는 엔지니어들에게 레퍼런스를 주지 않는다. 그런 매개체가 없어도 그들은 내가 뜻하는 바를 알기 때문에, 다시 말해 서로 통하기 때문에 가능한 일이다.

물론 처음부터 그랬던 것은 아니다. 함께 일하는 시간이 쌓여가면서 서로의 언어를 이해하고, 그것을 소리로 표현하는 내공 또한 더욱 깊어졌다. 그들은 나의 말을 이해하기 위해 나의 음악, 나의 철학, 나의 정서를 이해하려 노력했고, 그 덕분에 우리의 간극은 조금씩 좁혀졌다.

"사람들이 이걸 알까?"

아주 미묘한 소리 하나 때문에 밤을 꼴딱 새우는 일이 비일비재한 우리는 원하는 사운드를 완성한 다음 만족스런 표정으로 서로에게 이렇게 묻곤 한다. 정말 우리가 이 작은 부분을 완성하기 위해 밤을 새웠다는 것을 사람들이 알기나 할까 싶은 것이다.

"아마 모를 거야. 그런데 몰라도 돼."

군이 말하지 않는 한 그 수고를 아는 이는 드물 것이다. 하지만 그것은 그리 중요하지 않다. 소리 하나 때문에 밤을 새웠고, 소리를 찾았고, 한 뼘 더 성장했다는 것이 중요하다. 사람들이 알아주지 않아도 우리는 충분히 즐겁고 만족스럽다.

▸▸

내가 음반을 녹음하는 녹음실의 김대성 실장은 나의 오랜 음악적 파트너다. 그와 나는 평소 소리에 대한 대화를 많이 나누는데, 그의 가장 큰 장점 중 하나가 바로 소리에 대한 개념이 굉장히 유동적이라는 것이다. 우선 그는 내 의견에 먼저 귀를 기울이고, 함께 연구하며 답을 찾기 위해 노력한다. 물론 그 과정에서 서로의 의견이 달라 다투는 경우도 있다.

"나중에 들어보면 이게 분명히 더 좋을 거예요."

"아니, 나중에 들어도 분명히 안 좋아."

그의 판단이 옳을 때도 있고 내 판단이 옳을 때도 있다. 하지만 우리에게 누가 옳은가는 그다지 중요하지 않다. 그런 팽팽한 줄다리기 속에서도 나는 그와 그런 이야기를 나눌 수 있다는 사실 자체가 고맙다.

누구나 자신의 전문 분야에 대한 고집은 있다. 누군가 내 영역에 이러쿵저러쿵 잔소리를 하며 침범하려 하면 기분이 상하는 것은 당연한 일이다. 그런데 그는 내게 늘 귀와 마음을 열어준다. 나 역시 마찬가지다. 서로를 신뢰하기에 마음을 열 수 있는 것이다.

음악적 파트너 관계에 있는 사람들 중 김대성 실장만큼이나 나와 잘 통하는 이가 또 한 명 있다. 바로 작곡가 윤일상이다. 그와 나의 공식적인 인연은 〈애인…있어요〉에서부터 시작되었지만 진짜 인연은 훨씬 더 이전부터다.

'히트곡 제조기'라는 별명 때문인지 솔직히 그에 대한 내 생각은 그리 좋은 편이 아니었다. 너무 유행에 편승하려는 것 같아 선입관을 가지고 있었던 것이다. 우연히 그와 음악적 이야기를 나눈 다음에야 그가 진심으로 음악을 사랑하고 재능이 넘치는 사람이라는 것을 알았다.

"네 노래 중에 그 노래 정말 마음에 들어."

"정말요?"

그와 술을 한잔 나누던 어느 날, 평소 그의 노래 중 마음에 들었던 곡에 대해 이야기했다. 그러자 그가 눈이 휘둥그레지며 정말 의외라는 반응을 보였다.

"누나가 그런 음악을 좋아한다는 게 진짜 신기해요."

아마도 그 곡이 평소 나의 음악 취향과는 많이 다르다고 여겼던 모양이다.

"난 음악에 대한 편견은 없어."

내가 현재 추구하고 있는 음악이 어떤 스타일인지와는 별개로, 나는 모든 장르의 음악을 사랑한다. 사람들은 내가 '이은미 스타일의 음악이 아니면 인정하지 않을 것'이라 짐작한다. 예컨대 이은미는 댄스 음악을 혐오하고 노래 못하는 가수를 무시한다고 말이다. 하지만 결코 그렇지 않다. 난 음악의 다양성을 좋아하고 존중한다.

나는 댄스 음악을 싫어하는 것이 아니라 획일화된 리듬 혹은 자극적인 멜로디가 의미 없이 반복되는, 이른바 후크송이라 불리는 음악을 싫어하는 것이다. 또한 춤을 핑계로 무대 위에서 립싱크만 하는 댄스 가수를 싫어할 뿐, 댄스 가수 자체를 싫어하는 것이 아니다.

가창력이란 것도 그렇다. 어떤 잣대로든 그것을 좋다 나쁘다 평가할 수는 없다. 좋은 성량에 리듬, 박자가 모두 정확하다고 좋은 보컬리스트라고 말할 수는 없다. 물론 그런 역량이 음악을 표현하는 데 많은 도움이 되는 것은 사실이지만, 좋은 보컬리스트인지 아닌지를 평가하는 절대적인 기준은 될 수 없다.

노래의 가치를 평가할 때는 그 곡의 처음부터 마지막 호흡까지, 어떤 표현으로 교감하고 감동을 만들어내는가가 더 중요하다. 밥 딜런이나 레너드 코헨의 노래를 들으면서 가창력 운운하는 사람은 없다. 그들의 노래에서 충분히 감동과 위로를 받기 때문이다.

▶▶

점차 친해지며 언제 한번 같이 작업해보자고 흘러가듯 말했던 윤일상과의 기약 없는 약속이 지켜진 것은 그로부터 몇 년 뒤, 〈애인…있어요〉를 통해

서였다. 함께 작업하며 나는 그의 새로운 장점을 보았다.

〈애인…있어요〉를 녹음할 당시, 그가 보내온 데모곡과 씨름하다가 결국 작곡가 입장에서는 불쾌할 수도 있는 요청을 조심스럽게 한 적이 있었다. 곡의 일부를 나한테 맞게 수정하자는 것이었는데, 놀랍게도 그는 선뜻 그 의견에 동의해주었다.

"아, 그거 정말 좋겠는데요? 바로 정리해서 보내줄게요. 코드 하나만 바꾸면 될 것 같아요."

작곡가 대부분은, 자신이 만든 곡을 약간이라도 바꾸는 것을 좋아하지 않는다. 설사 곡이 더 나아진다 해도 자기 고집을 앞세우는 경우가 태반이다. 충분히 거부할 수도 있는 제안을 흔쾌히 받아준 그가 나는 무척 고마웠다. 상대에게 마음을 연다는 것, 상대의 의견에 귀를 기울이는 것은 정말 훌륭한 자질인데, 그렇게 열린 마음을 가진 사람과 음악 인생을 함께하면 행복할 것이란 생각이 들었다.

시작이 좋아서였을까. 녹음도 한 번에 오케이 사인이 났다. 사실 그의 오케이 사인을 들었을 땐 '내 컨디션이 그리 좋지 않은 것 같으니 오늘은 녹음을 더 하지 말자는 것을 에둘러 표현한 것일까' 싶어 내심 미안하기까지 했다.

"정말 좋아요. 제가 듣기엔 다 좋은데. 정 그렇다면 마지막 부분만 다시 한 번 불러볼래요?"

"그래."

나는 다시 부스로 들어가 노래를 했고, 〈애인…있어요〉는 그렇게 탄생했다.

30분도 안 걸려 녹음을 끝낸 뒤, 나는 내 노래에 대해 다시 물었다.

"네가 듣기엔 나쁘지 않았어?"

"좋았다니까요. 누나처럼만 작업해주면 정말 좋겠어요."

가수와 작곡가 사이의 신뢰는 이처럼, 서로가 음악적으로 추구하는 것에 대한 존중에서 시작된다. 솔리스트는 무대 위에서 그 누구의 도움도 없이, 철저히 혼자가 되어 모든 것을 표현해야 한다. 하지만 내 음악 뒤에, 내 소리 뒤에 평생을 함께할 수 있는 든든한 파트너들이 버티고 있다는 사실은 내게 크나큰 힘이 되어준다. 흔들리지 않게, 쓰러지지 않게 도와주는 내 삶의 소중한 동지들, 그들에게 늘 고맙다.

자연스러운 것이
아름답다 ▬

나이가 드니 자연스럽고 편안한 것이 좋아진다. 음식을 먹어도 화려한 것보
다는 소화가 잘되는 편한 것을 찾게 되고, 옷도 무대 의상을 제외하곤 최대한
편한 것에 손이 간다. 내 음악 역시 나의 이런 변화에 자연스레 따라오는 것
같다.

　원래 반복적이고 자극적인 기계음을 싫어하기도 했지만, 언제부터인가
공기와 공기 사이를 떠다니는 소리의 공간감을 느끼기 시작하면서 그것만을

추구하게 되었다. 마침내 자연스러운 것의 아름다움을 알게 된 것이다.

▶▶

하루는 어떤 자리에서 우연히 오디오 마니아라는 의사와 이야기를 나눌 기회가 있었다. 그는 내 음반 '12 Songs' '마논탄토' 등이 아날로그 방식으로 녹음된 것에 대해 큰 관심을 보였다.

당시 국내에는 아날로그 방식으로 음반을 녹음할 녹음실이 없어서 멀리 미국까지 가서 녹음을 했는데, 그때의 상황과 녹음 방식 등을 소재로 우리는 대화를 이어갔다. 어떤 생각에서 그런 방식을 취했는지, 어떻게 내가 좋아하는 소리를 찾을 수 있었는지 등을 이야기하자 그는 "한국에도 그런 시도를 하는 음악가가 있다는 것이 놀랍다"며 응원의 말을 해주었다.

누군가 내 소리를 알아준다는 것, 그 소리를 만들기 위한 내 노력에 관심을 보여준다는 것은 고마운 일이다. 한편으로는 편리하고 복잡한 것들에 가려 점점 더 뒷전으로 밀려나고 있는 자연스런 것들, 그 자연스런 소리의 공간감을 추구하겠다고 미국까지 날아가야 하는 현실, 그것에 대해 대단하다고 칭찬받는 현실에 어쩐지 씁쓸한 기분이 들기도 한다.

언젠가부터 사람들은 나를 '맨발의 디바'라고 부른다. 무대 위에서 맨발로 노래하는 내 모습을 두고 하는 말이다. 내가 무대 위에서 신발을 벗고 노래를 부르는 것은 관객의 시선을 사로잡기 위해 벌이는 퍼포먼스가 아니다. 그것은 내 음악의 자연스러움을 나타내는 것이며 동시에 '나는 자유롭게 노래할 수 있다'는, 스스로에게 거는 주문이다.

1994년 2집 음반의 공연이 닷새째 이어지던 날, 나는 체력적 한계를 느끼기 시작했다. 공연이 시작되기 전 대기실에 앉아 있었는데 온몸이 두드려 맞은 것처럼 무겁고 아팠다. 생애 두 번째 콘서트였던 데다 처음으로 경험하는 장기 공연이어서 체력 안배에 미흡했고 정신적으로도 심한 압박감을 느꼈기 때문이었을까. 목소리가 나오지 않았다. 암담했다. 하지만 이미 관객들은 객석에서 나를 기다리고 있었고, 나는 어떻게든 그들 앞에 서야 했다.

내 몸이 좀 더 가벼워지기 위해, 내 마음이 좀 더 자유로워지기 위해 무엇을 할 수 있을까 생각했다. 그런 절박함 속에서 문득 거울을 들여다보니, 평소와는 많이 다른 화려한 내가 보였다. 짙은 화장에 현란한 장신구, 화려한 무대의상, 하이힐. 무대에 오를 때마다 늘 했던 것이었지만 그날따라 유독 그것들이 내 몸과 마음을 무겁게 짓누르는 느낌이 들었다.

내 몸을 휘감고 있던 거추장스러운 것들을 떼어내고, 화장을 지웠다. 마지막으로 하이힐을 벗어 던졌다. 그제야 비로소 자유로웠고 나다워졌다. 물론 체력적으로 지쳐 있었던 탓에 원하는 소리를 제대로 내지는 못했지만, 모든 것을 내던진 후 나는 소리에 더욱 집중할 수 있었다. 맨발을 통해 느껴지는 무대의 울림이 좋아서, 나는 그때부터 맨발로 노래를 부르게 되었다. 나를 꾸미던 것들을 다 던져버린 대신 진정한 자유를 찾은 것이다.

▶▶

요즘 나는 드로잉을 배우고 있다. 명절이나 생일 같은 특별한 날에 내가 직접 그린 엽서를 지인들에게 주고 싶어 시작했는데 정말 즐겁다.

드로잉을 하기 위해서는 우선 사물에 집중해야 한다. 나이가 들면서 집중력이 점점 떨어지는 내게는 정말 유용한 일이다. 나중에 내가 그린 것을 보면 이것이 집중해서 그린 것인지, 그저 연필 가는 대로 그린 것인지 알 수 없을 정도로 삐뚤빼뚤하지만, 단 한 시간이라도 무언가에 집중할 수 있는 것으로 충분하다.

드로잉을 준비하는 과정의 즐거움도 크다. 드로잉에는 별다른 도구가 필요 없다. 연필과 스케치북, 지우개 정도가 전부다. 다만 드로잉에 쓰는 연필은 일반 연필과 달리 굉장한 정성을 필요로 한다. 일반 연필은 연필깎이에 끼워 몇 번 드르륵 돌리면 멋진 모양새로 변신하지만, 드로잉을 위한 4B연필은 반드시 칼로 깎아야 하기 때문이다. 기계로는 절대 대신할 수 없는, 인간의 손길이 가야 비로소 완성되는 이 연필의 당돌함이 나는 마음에 든다.

늘 시간이 빠듯해 쫓기듯 움직이는 나 역시 4B연필 앞에서는 어쩔 수 없다. 마음이 급하다고 서두르거나 잠시 딴생각을 했다간 손을 베이기 십상이다. 모든 상념을 내려놓고 오로지 연필 깎는 것에만 정성을 쏟아야 한다. 사각사각 종이에 닿는 연필심의 소리도 아름답지만, 내가 정성을 들인 만큼 단정한 모양새로 다시 태어나는 연필을 보는 것도 즐겁다. 이제 겨우 초보 수준이지만 꾸준히 배우다 보면 언젠가는 멋진 나무 한 그루, 예쁜 꽃 한 송이 정도는 스케치할 수 있을 실력이 되지 않을까 기대해본다.

▸▸

음악을 들을 때에도 나는 CD보다는 가능하면 LP를 애용하는 편이다.

LP가 여러모로 번거롭지만 나는 외려 그 번거로움이 좋다. 사용해본 사람들은 다 알겠지만, LP는 음악을 듣기 전에 지문이 묻거나 먼지가 앉은 곳은 없는지, 정전기가 나지는 않았는지 등을 꼭 확인해야 한다. 그 과정에서 쏟는 시간과 정성이 만만치 않기에 어쩌면 그것이 더 소중하게 여겨지는 것인지도 모르겠다. 사람과 사람의 관계도 이와 다르지 않다. 쉽고 편하게 대하는 관계보다 조심하고 배려하는 관계가 더 오래 지속된다. 편리하고 유용하다는 이유로 인공적이고 인위적인 것이 난무하는 세상이다 보니 인간관계도 아날로그적인 손길이 가야 하는 대상은 번거로움을 넘어 불편하다 치부되고 만다.

휴대폰의 단축키만 누르면 자동으로 전화가 연결되는 편리한 시대에 사람들은 더 이상 친구나 동료의 전화번호를 외우지 않는다. 휴대폰이 고장 나면 그제야 사람들은 깨닫게 된다. 그 편리함에 기대 우리가 얼마나 무심하게 지내왔는가를.

나는 이메일도 하고 문자메시지도 자주 보내지만 그보다는 예쁜 편지지에 손으로 직접 써서 보내는 편지를 더 좋아한다. 편지를 받을 이의 미소 짓는 얼굴을 떠올리며 편지지를 고르고, 곱게 글씨를 써내려가며 그가 내 편지를 받고 힘을 내고 기분이 좋아지길 기대한다.

모니터 속 아름다운 풍경보다는 빛바랜 액자 속의 그림을, CD보다는 적당한 잡음이 섞여 나오는 LP를, 키보드를 통한 이메일보다는 연필로 쓴 편지를 더 좋아하는 것. 이것은 단지 아날로그냐 디지털이냐의 문제가 아니다. 추억을 회상하고 그리워하자는 의미도 아니다.

손쉽게 구하고 요리할 수 있는 인스턴트 식품들이 늘어날수록 가족의 건강이 파괴되고 있다는 것을 안다면 조금 수고스럽고 시간이 들더라도 정성스레 찌개를 끓이고 나물을 준비했으면 한다. 귀찮고 힘들더라도 가까운 거리는 걸어 다니면서, 모두가 더불어 살아가는 세상의 공기에 대해서도 함께 염려했으면 한다. 그렇게 힘을 들인 만큼, 정성을 쏟은 만큼 우리는 사람을, 그리고 그 사람이 살아가는 세상을 더 귀히 여기게 될 것이다. 단절과 개인주의로 대변되는 디지털 시대에, 성장과 효율을 앞세우는 시대에, 우리에게 필요한 것은 사람이 아닐까?

칭찬은 호랑이도
춤추게 한다

칭찬은 누구에게나 힘을 준다. 외로워서, 혹은 힘들어서 몸도 마음도 지쳐 있을 때 생각지도 못한 칭찬은 큰 응원가가 된다.

"너는 분명히 잘할 수 있을 거야."

"여태까지 해온 것들이 있잖아. 너는 절대로 여기서 퇴보하지 않을 거야."

이런 짧은 칭찬에는 나에 대한 인정이 있고, 기대와 격려가 녹아 있다. 그래서 칭찬은 기쁨이고 희망이다.

자신의 길을 열심히 잘 달려가고 있을 때 듣는 칭찬도 비타민처럼 힘을 주지만, 이제 막 불안한 첫걸음을 내딛는 초보 시절, 최고라 인정받는 사람에게 듣는 예상치 못한 칭찬은 한 사람의 삶을 변화시킬 정도로 강력한 영향을 미친다.

언젠가 조용필 선배님이 한 인터뷰에서 가장 인상 깊은 가수로 나를 꼽으셨다고 들은 적이 있다. 감사했다. 나는 물론이고 많은 후배들의 우상인 선배님이 나를 칭찬해주셨다는 사실이 고맙고 신기했다. 무거운 발을 이끌며 조금씩 나아가고 있던 내게 힘을 내 계속 걸어가라고 응원해주는 것 같았다. 이후 나는 조용필 선배님의 데뷔 35주년 기념 스타디움 공연과 '나는 조용필이다' 특별 공연에 초대받아 선배님과 듀엣곡을 부르기도 했다.

세계적인 문호 도스토옙스키는 20대 중반의 젊은 나이에 처녀작 『가난한 사람들』을 완성했다. 원고를 읽은 친구들은 새벽에 그의 방에 모여 탄성을 쏟아냈다. 그의 친구들은 유명한 문학평론가인 비사리온 벨린스키에게 원고를 보내 평가를 부탁했다. 도스토옙스키의 원고를 읽은 벨린스키는 칭찬을 아끼지 않았다.

"이것이 예술의 진실이다! 진실은 밝혀졌고, 당신이 예술가임이 선언되었소. 그것은 천부적인 재능으로 주어진 것이라오. 그 재능을 소중히 여기고 그것에 충실하시오. 그러면 당신은 위대한 작가가 될 것이오."

실제로 그의 예견은 적중했고, 도스토옙스키는 이후 『죄와 벌』 『카라마조프가의 형제들』 같은 훌륭한 작품들을 남겼다. 물론 칭찬 몇 마디로 그가 위대한 작가가 된 것은 아닐 것이다. 분명한 것은 벨린스키의 칭찬 덕분에 도스토옙스키는 초보 작가로서 내면에 가지고 있었을 불안을 잠재우고 자신의 재능에 더 큰 믿음을 가질 수 있었으리라는 것이다.

▶▶

나 역시 오래전, 도스토옙스키와 비슷한 경험을 한 적이 있다. 1998년에 일본에서 개최된 '히로시마 세계평화음악제'에서 나를 한국대표로 초청한 적이 있다. 미국에서는 스티비 원더, 일본에서는 〈스바루〉라는 곡으로 유명한 타니무라 신지와 한국계 인기가수로 알려진 사이조 히데키, 홍콩에서는 장국영, 그 외 싱가포르와 몽골 등에서 내로라하는 가수들이 참가하는 음악제였다.

개인적으로 한국을 대표하는 가수라는 타이틀이 부담스럽기도 했지만, 큰 무대에서 나를 확인받고 싶은 욕심도 있었고, 일본의 무대 시스템과 사운드 등을 살펴볼 기회라는 생각에 참가를 결정했다. 예상대로 각각의 아티스트에게 개인 휴게실을 준비해주었고, 무대 옆에는 리허설을 위한 별도의 대기실도 있었다. 무대에서 리허설을 마치고 대기실로 돌아오자, 한 흑인 여자가 우리 대기실로 들어서며 통역을 통해 뭔가를 이야기했다.

"지금 리허설한 가수가 누구죠? 일본 가수인가요?"

"아뇨. 한국 가수이고, 이분인데요."

통역이 나를 가리키며 대답했다.

"아! 당신이군요. 스티비 원더가 당신을 '영혼의 목소리를 가진 가수'라며 만나고 싶어 합니다."

꿈 같은 일이었다. 알고 보니 그 여자는 스티비 원더의 동생이었고, 그의 요청으로 우리 대기실까지 나를 데리러 온 것이었다. 나는 떨리는 가슴을 진정시키며 그녀를 따라갔다.

스티비 원더는 특유의 미소로 나를 반겨주었다. 동양인이 어떻게 흑인의 목소리와 감성을 가질 수 있는지, 어렸을 때 어떤 음악을 듣고 자랐는지 등 여러 질문을 하며 내게 많은 관심을 보였고 칭찬도 아끼지 않았다. 그 특별한 경험 이후로 나는 내 목소리에 자신감을 갖고, 내가 가고 있는 길에 대한 더 강한 확신을 품게 되었다. 칭찬은 호랑이도 춤추게 하고, 한 어린 가수의 자신감을 좌우하기도 한다. 그의 짧막한 칭찬은 나를 더 치열하게 노래하게 해준 원동력이 되었다.

칭찬은 누구에게나 힘을 준다.

외로워서, 혹은 힘들어서 몸도 마음도 지쳐 있을 때
생각지도 못한 칭찬은 큰 응원가가 된다.

사람 안에 희망이 있다

6집 음반은 녹음을 끝내는 데만 1년여의 시간이 걸렸다. 앞에서도 이야기했지만 우울증이 나를 오랜 시간 괴롭히면서 음악은 물론 아무것도 할 수 없었기 때문이다.

그렇게 힘겹게 지내던 어느 날 미술가 임옥상 선생님으로부터 연락이 왔다. 그는 미술계에서 왕성한 활동을 펼치는 한편 시민단체 '문화우리'를 운영하면서 다양한 문화예술운동을 전개하고, 소외된 이웃에 끊임없이 관심을 기울이는 분이다. 선생님은 뜻이 통하는 몇몇 사람들과 함께 여행을 계획 중이라며 "좋은 분들과 함께하는 것이니 바람이나 맞으러 가자"고 하셨다. 그러고 보니 상당 기간 동안 문밖을 나서지 않고 살았는데, 선생님의 제안을 받자 맑은 공기, 푸른 하늘 그리고 좋은 사람들과 여행하며 대화를 나누고 다시 일어서고 싶은 욕구가 강하게 일었다. 평소 여행하는 것을 좋아하기도 했지만 그때는 새로운 에너지가 절실히 필요했기에 더욱 마음이 끌렸던 것 같다.

　　임옥상 선생님 외에도 건축가 승효상 선생님과 고 이윤기 작가, 가나아트센터의 이옥경 대표님 등 다방면에서 활동하는 이들과 함께 여행을 떠났다. 여행의 테마는 러시아 및 북유럽의 건축과 미술, 문화에 대해 돌아보는 것이었다. 주요 주제가 건축이라 승효상 선생님은 여행 내내 가이드 역할을 하셨다.

　　나는 그분들과 함께 보름 동안 여행을 하며 크루즈도 타고, 시베리아 횡단열차도 탔다. 다양한 문화 유적지나 건축 등의 예술작품들도 흥미로웠지만, 무엇보다 사람들과 이야기를 나누고 인생과 예술을 배우는 것이 좋았다. 당시 음악 외의 돌파구를 찾기를 간절히 바라던 내게 그 만남은 희망이자, 놓칠 수 없는 불빛이었다.

러시아를 기차로 횡단하다가 자작나무 숲을 만났다. 하늘을 찌를 듯 높이 솟은 기상에 넋을 잃은 내게 이윤기 선생님은 자작나무에 관련된 전설과 신화를 들려주셨다. 선생님은 거의 모든 나무와 동물의 이름을 알고 있음은 물론, 러시아인들도 모르고 있을 그들의 역사까지 줄줄이 꿰고 있었다. 그 해박한 지식에 매료되어 선생님과 다시 한 번 여행을 떠나길 기대했으나, 안타깝게도 2010년 여름 세상을 떠나시고 말았다.

임옥상 선생님은 여행 내내 작은 스케치북에 사물을 담는 데 열중하셨다. 선생님이 스케치한 그림을 보고 있자면 실제보다 더 아름답고 힘이 느껴졌다. 신기했다. 선생님의 그림을 통해 나는 미술가가 그저 눈에 보이는 대로가 아닌, 자기가 느낀 바를 화폭에 옮긴다는 것을 알았다. 글, 음악, 미술 등 모든 예술작품이 그렇듯 마음이 담겨 있어야 좋은 작품이 될 수 있다는 진리를 다시 깨달은 것이다. 속 깊고 따뜻한 그분을 만날 때마다 나는 좋은 양분만 빼오는 것 같아 매번 죄송한 마음이 들기도 한다.

승효상 선생님은 대한민국을 대표하는 건축가다. 서울 거리를 걷다 보면 선생님의 아름다운 작품을 만나곤 하는데, 내가 그분을 좋아하고 존경하는 이유는 작품이나 언행에 늘 '인간'이 짙게 깔려 있기 때문이다. 그는 항상 변치 않는 어린아이의 미소를 가지고 있다. 사람이 중심이 되는 건축물을 만든다는 것은 아이 같은 순수함 없이는 할 수 없는 일일 것이다.

▶▶

좋은 예술가들과 여행을 한다는 것은 정말 멋진 일이다. 무한 경쟁에서 살아남기 위해 몸부림쳐야 하고 과정보다 결과로 판단하는 사회에서 예술은, 그리고 예술가는 더할 수 없이 고마운 존재들이다.

　예술가들과 함께한 여행 덕분에 나는 조금 어렵고 힘들더라도 음악을 비롯한 모든 예술이 우선시해야 하는 것은 바로 사람이라는 것을 새삼스레 깨달았다. 그리고 나 자신에게 조심스럽게 물어보았다. 나는 누구인지, 무엇을 하고 있으며, 무엇을 위해 살아가고 있는지. 그런 경험과 깨달음이 한데 어우러지면서 다시 나를 추스르고 일어나 걷게 하는 원동력이 되었고, 지금의 내 음악을 이끌어가는 수레바퀴가 되었다.

　늘 대중 앞에 노출되는 가수들에게 인문학적 소양은 매우 소중하다. 특히 수많은 대중 앞에 서길 원하는 어린 친구들에겐 절대적으로 필요한 자질이다. 대중의 관심과 사랑을 갈구하기 이전에 사람이 얼마나 귀한 존재이며, 가수로서 대중과 제대로 소통하는 것이 얼마나 중요한 일인지 깨달아야 한다. 스스로 단단해지지 않으면 모래성처럼 쉽게 무너지고 만다. 타인의 시선을 즐기기에 앞서 스스로를 알고 또 자신이 어디를 향해 달려가고 있는지 확인하기 위해서라도, 가끔은 달리는 열차에서 내려 숨을 고를 줄 알아야 한다.

　만개한 꽃처럼 아름답게 피어난 예술가들을 통해 얻는 깨달음과 즐거움도 크지만, 이제 막 첫 번째 꽃잎을 펼치려는 꽃봉오리의 진동을 지켜보며 얻는 기쁨도 소중하다. 내가 프로듀싱을 맡은 유해인과 송승근을 보며 그런 행복감을 얻고 있다. 유해인은 뛰어난 감수성을 가졌다. 특히 스물세 살에 만든 〈아카시아〉는 곡 자체도 좋지만 노랫말 또한 그 어린 나이에 쓴 것이라고는 믿어지지 않을 정도로 뛰어나서 나를 놀라게 했다.

흰 눈이 내려오던 밤 그대 곁에 갈 수 없다면
그대 두 뺨에 내려앉은 하얀 눈이 되고파
큰비가 쏟아지던 밤 그대 곁에 갈 수 없다면
그대 젖은 옷깃 위에 스며든 비가 되고파

어린 나이에도 이처럼 자신만의 감수성을 잘 표현해내는 사람을 보면 그 안에 얼마나 아름다운 꽃봉오리를 품고 있는지 관심이 간다. 그래서 나는 유해인의 첫 솔로 앨범을 제작하는 과정에서 그 아름다움을 지켜주고 싶었다.

▶▶

사실 많은 이들이 내가 누군가의 프로듀싱을 맡았다고 하면 그 사람의 음악도 이은미 색깔로 세상에 나올 것이라 지레짐작한다. 하지만 나는 내가 멘토링을 하는 그 누구도 내 색깔로 칠하고 싶지 않다. 저마다 자기 색깔을 낼 수 있는 이들인데 왜 나의 색으로 덧칠을 하겠는가. 그럴 힘과 시간이 있다면 차라리 나는 내 음악에 더 열중할 것이다.

실제로 나는 유해인의 음반을 제작하며 단 한 번도 그녀가 부르는 노래에 참견하지 않았다. 해인이는 자신의 음악을 하는 것이지 내 음악을 하는 것이 아니기 때문이다. 대신 나는 그녀에게 지금 필요한 것은 무엇인지, 어떻게 도와주면 그녀만의 색을 더 짙게 만들어 그 향기를 여러 사람들이 누리게 할 수 있을지 고민했다.

이와 더불어 프로 음악가가 된다는 것은 어떤 의미이고 어떤 과정을 거쳐야 하는지, 지금 부족한 것은 무엇이며 그것을 채우려면 어떻게 해야 하는지 말해주는 것, 또 내가 알고 있는 다른 사람들과 연계시켜 그들과 함께 여러 과제를 해결하게 하는 것이 나의 역할이다.

이는 비단 해인이에게만 적용되는 것이 아니다. 내가 제작을 맡고 있는 승근이나 음악 오디션 프로그램에서 나의 멘티가 되었던 아이들에 대해 내가 맡은 역할은 똑같다. 나는 아이들의 가능성을 보고 내 멘티로 선정했으며, 그들을 돕는 것은 나의 책임이다. 물론 그중에는 음악적 재능을 더 계발해야 하는 아이도 있다. 그것은 스스로의 노력과 열정으로 이루어나가야 할 몫이고, 나는 그 과정에서 그들이 쓰러지지 않도록 버팀목이 되어줄 생각이다.

만개한 꽃도 아름답지만 온몸으로 비와 바람을 맞으며 치열하게 자신을 지키고 키워나가는 작은 꽃봉오리도 충분히 아름답다. 그들이 희망으로 빛나고 있음을, 나는 오늘도 사람을 보며 깨닫는다.

예술가들과 함께한 여행 덕분에 나
는 조금 어렵고 힘들더라도 음악을
비롯한 모든 예술이 우선시해야 하
는 것은 바로 사람이라는 것을 새
삼스레 깨달았다. 그리고 나 자신에
게 조심스럽게 물어보았다.
나는 누구인지, 무엇을 하고 있으
며, 무엇을 위해 살아가고 있는지.
그런 경험과 깨달음이 한데 어우러
지면서 다시 나를 추스르고 일어나
걷게 하는 원동력이 되었고, 지금의
내 음악을 이끌어가는 수레바퀴가
되었다.

가을 유서

문득 죽음에 대해 생각할 때가 있다. 죽음을 상상하면 이제 두렵기보다는 평
온해진다. 죽음 앞에서 더 욕심낼 것이 무엇이 있으며, 용서 못할 것은 또 무
엇이 있겠는가. 애절했던 사랑조차 한 방울 눈물에 떨구고 가는 것. 죽음은
그렇게 모든 것을 내려놓은 채 나를 온전히 비우고 가는 것이다.

살아 있어도 죽은 것과 같은 시간을 보내는 이가 있으며, 죽어서도 다른 이의 가슴 속에서 영원히 사는 사람이 있다. 삶과 죽음이 결코 다르지 않고, 그렇기에 그것을 아름답게 연결하는 마지막 정리의 과정이 반드시 필요할 것이라는 생각이 어느 날 갑자기 들었다.

마지막을 미리 준비해두자는 마음에 시작한 나의 유서 쓰기는 아이로니컬하게도 내 삶의 시작점을 다시 고민하게 만들었다. 지나온 날들의 정리와 반성 등을 통해 앞으로 내가 가야 할 길을 조금 더 분명하게 찾은 것이다. 이러한 의외의 소득이 반가워 나는 콘서트 때 종종 관객들에게 유서 쓰기에 대해 들려준다. 죽음과는 별개로 삶의 한 지점에서 한 번쯤은 지나온 삶을 정리하는 시간을 가져보는 것도 좋을 것 같다는 생각에서다.

유서를 쓰다 보면 결국 사람을 떠올리게 된다. 내가 가진 몇 안 되는 것들을 사랑하는 이들에게 어떻게 주고 갈 것인지 고민하고 정리하다 보면 그들과 나의 인연, 그리고 소중한 추억들이 밀려온다. 나의 음반 판권은 누구에게 줄 것이며, 내가 아끼던 그릇들과 즐겨 듣던 음반들은 누구에게 줄지 고민하며 하나하나 주변을 정리하고 나면 결국 내 육신만이 덩그러니 남는다. 나아가 기증할 수 있는 장기들은 최대한 기증하라고 유서에 쓰고 나면 그야말로 몇 줌 재만 남는다.

몸과 마음을 비운 채 내친김에 장례 절차까지 정리해보았다. 장례식은 너무 요란하지 않았으면 좋겠고, 태우고 난 뒤 남는 것이 과연 얼마나 될지 모르지만 그것은 그동안 나를 사랑해준 팬들을 위해, 그들이 나를 추억할 수 있는 장소에 두기를 바란다. 다만 갑갑한 것을 싫어하니 납골당처럼 꽉 막힌 곳에는 두지 말라는 당부도 남겨본다. 자연의 향기와 바람을 느낄 수 있는 나무 아래도 좋고, 물결 따라 바람 따라 어디든 갈 수 있는 강이어도 좋겠다.

▶▶

이처럼 죽음을 떠올리며 내 삶의 흔적들을 정리하다 보면, 한없이 겸허해진다. 더 열심히 살아야 한다는 의지도 솟는다. 삶을 마감하기 전에 해야 할 것들의 목록도 만들어본다. 살아서 하지 못할 것을 적는 것은 싫다. 미처 다 이루지 못하고 죽음을 맞을 나를 상상하기 싫은 것이다. 그래서인지 내 버킷리스트에는 평범한 것들이 많다. 언제든 시간만 나면 할 수 있는 소소한 것들이 대부분인데, 나는 그중 절반도 채 이루지 못했다. 그만큼 내 일상이 여유롭지 못한 탓도 있지만, 그 바람들이 소중한 것이라 천천히 이루고픈 마음도 있다.

나는 죽기 전에 내 손으로 직접 그릇을 만들어보고 싶다. 내 손으로 정성껏 빚어 지인들에게 선물하기에 부끄럽지 않은 실력만 된다면 좋겠다. 커피를 좋아하는 친구에겐 커피잔을, 김치를 좋아하는 친구에겐 큰 그릇을, 담배를 좋아하는 글 쓰는 친구라면 자주 비우지 않아도 되고 비우고 싶지 않을 때는 그냥 뚜껑을 덮어놓아도 되는, 무겁지도 않고 잘 깨지지도 않는 그릇을 만들어주고 싶다.

마음에 쏙 들 때까지 온 집안을 정리 정돈하는 것도 내 버킷리스트에 들어 있다. 스케줄에 쫓겨 시간이 부족한 탓에 내 집, 내 살림인데도 아직 제대로 정리하지 못한 탓이다.

요리하는 것을 좋아하지만 정작 요리할 시간은 그리 많지 않아서, 좋아하는 음식만이라도 요리법을 꼭 배워보고 싶다는 바람도 있다. 최근에는 한 팬 덕분에 일본의 유명한 카스텔라 만드는 법을 배우고 싶어졌다.

그 팬은 가끔 일본에 다녀올 때면 나에게 카스텔라를 보내주곤 했다. 언젠가 공연을 끝내고 집으로 돌아왔는데, 피곤함에 지친 몸과는 별개로 내 배는 꼬르륵거리며 허기를 달래달라고 요동을 쳐댔다. 그때 카스텔라가 냉장고 속에 있다는 사실이 떠올랐다. 우유를 따르고 카스텔라를 먹었는데, 눈물이 핑 돌 정도로 맛있었다. 달콤하고 부드러운 카스텔라 한 조각은 피곤을 잊게 하고 행복감을 선사해주었다. 달콤함 때문이었을까, 아니면 고마움 때문이었을까. 그때의 기억을 잊지 못해 그 카스텔라를 내 손으로 직접 만들어보고 싶다는 바람이 생겼다.

지리산 완등에도 도전하고 싶다. 사실 몇 차례 해볼 기회가 있었지만 체력적으로 자신이 없어서, 혹은 날짜가 안 맞아서 미루다 지금까지 이르렀다.

내 버킷리스트 안에는 이미 이룬 것도 있지만, 반대로 영영 이루지 못할 것 같아서 포기하고 지워버린 것들도 있다. 스쿠버다이빙 배우기, 매주 등산하기 등은 이미 실천해서 버킷리스트에 남아 있지 않다. 사실 버킷리스트는 실행 여부와는 별개로, 그것을 찾고 실천하는 과정이 더 즐겁다. 리스트에 적어놓은 것들을 하나하나 지워나가면서 '나, 꽤 잘 살고 있구나' 하며 확인할 수 있고, 지나온 시간 속에서 놓치고 살았던 소중한 가치들을 되돌아보게 해주며, 흥미로운 대상을 새로 알게 되면 가슴이 설레기도 한다. 삶의 의미를 새롭게 발견하게 해준다.

살아서 하지 못할 것들을 목록에 적는 것은 싫다.

내 버킷리스트에는 평범한 것들이 많다.
언제든 시간만 나면 할 수 있는 소소한 것들이 대부분인데,
나는 그중 절반도 채 이루지 못했다.

Diva

04

음악,
그 안에
꽃이 있다

누군가 내게 음악은 무엇이냐고 묻는다면

내가 걸어온 길을 보여주고 싶다.

달콤하지도, 부드럽지도 않았던 그 길 위에서

내가 흘렸던 눈물과 땀방울이 누군가에게 작은 빛이 되기를 소망한다.

고치고 다듬으면

나도 가수?

우리나라에는 가수, 아니 연예인을 꿈꾸는 아이들이 너무나 많다. 오죽하면 요즘 아이들의 장래 희망 1위는 연예인이라는 통계결과가 나왔을까. "우리 집 안에 딴따라는 받아들일 수 없다!"라는 아버지의 불호령을 이겨내야 했던 우리 세대와 비교하면 격세지감이 느껴진다.

나는 연예인을 지망하는 아이들이 늘어나는 현상을 그리 나쁘게 보지는 않는다. 지원자가 많다는 것은 뛰어난 인재가 나타날 가능성도 높아진다는 것을 의미하니 말이다. 문제는 '연예인을 꿈꾸는 아이들이 과연 그럴 만한 재능과 열정을 가지고 있는가'라고 묻는다면 자신 있게 '그렇다'고 대답할 수 없다는 것이다.

개중에는 탁월한 재능과 열정으로 빛을 발하는 아이들도 있다. 하지만 재능이나 실력보다는 스타가 되고 싶다는 욕심에 연예인을 지망하는 경우가 훨씬 많다. 가수를 꿈꾸는 아이들만 봐도 노래보다 현란한 댄스나 개인기 등으로 승부하려는 모습을 종종 볼 수 있다. 가수는 소리로 교감해야 하므로 자신의 소리를 먼저 찾아야 한다. 퍼포먼스는 그다음 이야기다. 설령 이들이 운이 좋아 가수란 타이틀을 얻더라도 과연 음악가로서 무대에서 얼마나 버텨낼 수 있을지 의문이다.

요즘 아이돌 중에는 '5초 가수'라는 비아냥거림에도 꽤나 당당한 모습을 보이는 이들이 많다. 심지어 아이돌 그룹의 경우에는 멤버끼리 '외모 담당' '가창 담당' '토크 담당' 등의 역할을 구분해 맡기까지 한다. 하지만 그들의 그런 노력(?)이 연예인으로서의 생명력을 담보해주지는 못한다. 그들을 좋아하는 이들도 분명 있지만, 이런 이들은 늘 새로운 볼거리를 원하기 때문에 관심이 오래 지속되지 못한다는 것은 자명한 일이다.

얼마 전 이런 인터뷰 요청을 받았다. '립싱크 행위를 불법화하자'는 취지로 어느 국회의원이 발언한 것에 대해 내 입장을 표명해달라는 것이었다. 이미 중국에서는 립싱크를 불법으로 간주, 립싱크를 할 경우에는 대가를 치르고 있다고 한다. 하지만 나는 법으로 그 행위를 제약한다는 것에는 반대 입장을 분명히 했다.

내게 인터뷰 요청을 했던 기자는, 그 국회의원의 발언에 대해 반대하는 입장과 찬성하는 입장의 이야기를 모두 방송에 내보내려 했던 것 같다. 그간 강력하게 립싱크를 반대해왔던 나였으니 당연히 찬성하는 쪽에 설 줄 알았는지, 기자는 내 말에 당황해하는 것 같았다.

어떤 문화적 현상, 그 행위로 인한 부작용은 법의 심판 대상이 아니다. 모두 함께 고민하고 설득해서 대안을 제시하며 풀어야 하는 문제일 뿐이다. 나는 10여 년 전부터 지속적으로 립싱크에 대해 문제를 제기해왔고, 립싱크 관행이 점차 사라지는 데 미약하나마 도움이 되었다고 생각한다. 이제는 많은 음반 기획자들이나 가수 지망생들이 립싱크에 대해 부정적인 생각을 가지고 있는 것으로 안다. 립싱크는 다분히 문제가 있는 행위라는 것에 대중이 공감하지 않았다면 지금처럼 립싱크에 대한 인식은 개선될 수 없었을 것이다.

립싱크 같은 문제는 '사기 행위'라기보다는 '거짓 행위'에 가깝다. 즉, 법으로 강제하지 않아도 대중 속에서 자정될 수 있는 일이라는 뜻이다. 립싱크 금지를 법제화하겠다는 해프닝은 우리 대중문화가 아직 충분히 성숙되지 않았음을 보여주는 것 같아 조금 쓸쓸하기도 했다.

▸▸

간혹 "가수가 되려면 어떤 공부를 해야 하나요?" 하고 묻는 이들이 있다.

노래만 잘하면 아무나 할 수 있는 것이 가수라고 여기는 이들보다 이런 질문을 하며 가수의 길에 대해 진지하게 고민하는 이들을 보면 고맙다는 생각도 든다. 대중의 환호와 인기를 먹고 사는 연예인을 꿈꾸는 사람들은 가수가 가장 만만한 길이라 생각하여 이런 질문 자체를 던지지 않기 때문이다. 연예인이 아닌 가수를 꿈꾼다면, 음악인으로서의 삶을 희망한다면, 거울에 비친 자신을 어떻게 바라보아야 할까?

가수가 되려면 먼저 스스로 자신이 무대에 설 수 있는 사람인지 판단해야 한다. 때문에 나의 첫 번째 대답은 단연코 재능이다. 재능 없이 프로 음악가가 되기는 힘들다. 노력으로 극복할 수 있는 것에는 한계가 있다. 노력만으로 안 되는 게 예술이다. 한동안 대중의 관심을 끌다 소리 없이 사라진 수많은 이들만 보아도 잘 알 수 있다.

한때 대중의 관심을 받았다는 것과 재능이 있다는 것은 다른 얘기다. 재능은 풍부한 성량, 곡을 해석하는 탁월한 감성, 소리를 구분할 수 있는 귀 등을 말한다. 그중에서도 특히 소리를 구분할 줄 아는 귀를 타고나는 것이 정말 중요하다. 풍부한 성량이나 곡을 해석하는 감성은 노력으로 어느 정도 극복할 수 있지만, 소리를 구분하는 예민한 귀는 타고나는 것이지 노력으로 극복할 수 없는 부분이다.

아무리 가르쳐도 본인 스스로 소리를 판단할 수 없다면 프로 음악가가 될 수 없다. 더욱 난감한 경우는 좋은 소리를 우연히 내보았어도, 정확히 기억할 수 있는 귀가 없어서 다시 시도해도 그런 소리를 낼 수 없는 경우다. 이런 경우 음악에 대한 욕심을 접는 것이 좋다. 잔인하지만 그것이 현실이다. 하고 싶다는 마음만으로 능력 밖의 일을 해낼 수는 없다.

대중은 냉정하다. 그들은 소리를 구분하지 못해 매번 다른 소리를 내는 가수를 보고 싶어 하지 않는다. 재능이 부족하다면 안타깝지만 아마추어로 음악활동을 하는 것에 만족하거나, 좋은 음악가의 음악을 감상하는 것으로 마음을 달래는 것이 낫다.

재능이 없다면 과감하게 그만두라는 말이 냉혹하게 들릴지 모르지만, 음악의 길에 들어서면 저절로 재능의 중요성을 알게 된다. 피아노를 잘 치는 것과 피아니스트가 될 수 있는 재능에는 분명한 차이가 존재한다. 누구나 어느 정도 훈련을 하면 피아노를 능숙하게 칠 수 있다. 하지만 피아니스트가 되려면 그 이상의 재능이 필요하다.

그렇다면 가수의 재능은 어떻게 알아볼 수 있을까? 물론 재능은 눈에 보이지 않고 명확한 기준이 있는 것도 아니기에 확신이 서지 않는 경우도 있을 수 있다. 하지만 이는 쓸데없는 걱정이다. 재능은 숨길 수가 없다. 어떻게든 드러나고 반응이 돌아오기 마련이다.

▶▶

가수가 되기 위해 필요한 두 번째 답은 끊임없는 노력, 즉 시간이 걸려도 해내겠다는 근성이다. 타고난 재능을 갈고닦는 훈련과 노력을 해야 한다. 아무리 재능이 뛰어나도 노력을 하지 않으면 결국 제한된 능력밖에 발휘하지 못한다. 원하는 소리의 근사치에 다다르고 싶다면 쉼 없이 연습해야 한다.

가수는 자신의 한계를 뛰어넘기 위해 다양한 표현법을 배우고, 자기만의 표현법을 개발해야 한다. 그 과정에서 스스로 부족한 부분을 발견하게 될 것이고, 그것을 극복하기 위해 더 많은 걸 느껴보려고 한다거나, 자신에게 부족한 표현법들을 익힘으로써 어떤 걸 공부해야 내가 추구하는 음악적인 표현을 배울 수 있다는 나름의 틀이 생긴다. 그런 것들을 차곡차곡 자신의 것으로 만들어두면 결국 자신만의 고유한 표현법을 찾게 된다.

스위스의 유명한 피아니스트 '시기스몬드 달베르그'는 연주가라면 꼭 서보고 싶어 하는 음악회에 출연 요청을 받고도 연습이 부족하다는 이유로 거절했다. 그는 신작을 발표할 때마다 적어도 1500번 이상 연습한다는 자신만의 엄격한 훈련법을 정해두었고, 충분히 연습하지 못했을 때는 최고의 무대조차 과감히 포기했다. 아무리 우수한 연주가도 연습하고 노력하는 사람에게는 이길 수 없다. 연습 없이 무대에 서는 사람은 언젠가는 실력이 바닥나기 마련이고, 결국 재능 못지않게 중요한 것이 끊임없는 노력임을 깨닫게 될 것이다.

▶▶

마지막으로 가수에게 필요한 자질은 기다림이다. 어쩌다 음반을 발표하거나 오디션 프로그램에서 좋은 결과를 얻어도 그것이 평생 음악을 하게 해주지는 않는다. 이름을 알렸어도 어디로 튈지 모르는 럭비공 같은 대중이 나를 지속적으로 지지해줄 것이라고 여기면 큰 오산이다. 노력을 통해 스스로 변화하고, 변화를 통해 성장하면서 대중과 승부해야 한다.

이 과정은 외롭고 지치는 일이다. 실패는 당연한 일이고 대중은 가수의 변화를 알아주지도 않으며 때로 성장도 인정하지 않을 수 있다. 모든 일이 그렇듯 음악도 노래도 시간이 필요하다. 노력 없이 이루어지는 것은 아무것도 없다. 하물며 음악은 지속적으로 노력하지 않으면 유지할 수 없다.

가끔 아이돌 그룹에서 활동하다 솔리스트로 전환한 가수들이 무대에서 힘겨워하는 모습을 보이곤 한다. 그룹에서는 여러 명이 각자 파트를 나누어 노래를 부르기 때문에 자기 파트만 열심히 잘하면 된다. 하지만 솔리스트가 되면 한 곡 전체를 불러낼 힘이 있어야 한다. 그럴 만한 실력이 없으면 결국 다음 음반을 내기가 힘들어진다. 대중이 더 이상 그의 노래를 원하지 않기 때문이다. 끊임없는 노력 외에는 답이 없다.

소리를 듣고 구분하는 힘을 기르기 위해서는 좋은 음악, 다양한 음악을 많이 들어야 한다. 그러면 판단 기준이 생긴다. 예컨대 기타로 연주하는 음악도 굉장히 다양한 종류가 있다. 어쿠스틱 기타로 연주하는 라틴 음악도 있을 것이고, 리듬을 강조하는 음악도 있을 것이고, 멜로디컬한 음악도 있을 것이고, 부담스러울 정도로 시끄럽게 연주하는 음악도 있을 것이다. 가능한 한 많이 듣다 보면 소리에 대한 기준이 생긴다. 어떤 플레이가 좋은 플레이인지, 또 이런 음악에는 어떤 것이 잘 어울리고 훌륭한 표현인지 기준이 생기는 것이다. 귀를 단련시키려면 다양한 음악을 많이 들어야 한다.

나 역시 스무 해 넘게 무대에서 노래를 하지만 늘 부족한 재능으로 인해 목마름을 느낀다. 내가 표현하고자 하는 음악을 완벽하게 표현해내지 못하는 데서 오는 고뇌도 크다. 지금도 여전히 많은 시간을 연습실과 녹음실에서 소리와 외로운 줄다리기를 하는 이유다.

가수가 되려면 먼저 스스로 자신이 무대에 설 수 있는 사람인지 판단해야 한다.
때문에 나의 첫 번째 대답은 단연코 재능이다.

음악이 내게 운명이라고 하여,
벗어날 수 없는 사슬 같은 것이라 하여,
음악을 함부로 다룬 적은 없다.

내 안의 것을 음악으로 이끌어내기 위한 소중한 시간을
보내기도 하지만, 음악만큼 내게 기쁨을 주고 행복감을 주는 것이
없기에 나는 늘 그것을 아끼고 귀히 다룬다.

─ 음악,
꿈일 때가
좋은 거야

2010년, 모 방송국으로부터 음악 오디션 프로그램의 멘토 제의를 받았다. 유명 기획사에서 공장에서 물건 만들듯이 뽑아내는 획일화된 아이돌의 현실을 극복하고자 하는 시도는 의미 있는 일이었고, 음악인을 꿈꾸는 사람들에겐 희망이 될 수도 있기에 참여를 결정했다.

결정을 하긴 했지만 고민이 컸다. 참가자들에게 환상을 심어줄 것인가, 현실을 직시하게 할 것인가. 가수가 마냥 편하고 좋은 직업이 아님을 잘 알기에 상처받을 것을 알지 못한 채 불나방처럼 모여드는 사람들이 안타깝기도 했다.

"가수가 꿈이셨어요?"

자신의 길 위에서 열심히 살아가며 취미로 밴드 활동을 하고 있는 어느 지인에게 물었다. 오래된 꿈이지만 떠올리는 것만으로도 좋은지 그는 행복한 미소를 지었다. 나도 모르게 이런 말이 나왔다.

"음악, 그거 꿈일 때가 좋은 거예요."

음악이 그저 꿈인 것과 직업적으로 음악을 한다는 것은 사뭇 다르다. 아이들을 예뻐하고 좋아하는 것과 막상 부모가 되어 아이들을 키우는 것에는 큰 차이가 있지 않은가. 특히 창조적인 일을 직업으로 갖고 살아가는 것에는 고통이 따른다.

음악이 꿈이었다면 나는 이미 포기했을지 모른다. 살면서 포기한 꿈이 어디 한둘이겠는가. 3, 4집을 계약하는 과정에서 집 몇 채를 사고도 남을 액수의 큰 빚을 졌을 때, 2004년 연말 공연을 끝내고 일어설 힘조차 없을 정도로 모든 것이 소진되어 한없는 공허함을 느꼈을 때, 죽을 듯 노래를 불러도 세상은 꿈쩍도 하지 않아 막막함을 느꼈을 때…… 소리 위를 걸으며 수도 없는 비탈과 골짜기에서 헤맬 때, 음악이 단지 꿈에 불과했다면 나는 그것을 훌훌 내려놓고 좀 더 가볍게 살았을 것이다. 하지만 음악은 내게 떼려야 뗄 수 없는 운명 같아서 상처받고 피 흘리면서도 지금껏 내려놓지 못했다.

심지어 난 정말 재능이 없다고 느꼈을 때조차도 어느 틈엔가 다시 돌아와 음악을 하고 있었다. 그게 운명이란 걸 어떻게 아느냐고 물어봐도 딱히 해줄 말이 없다. 운명은 그것을 운명이라 실감하기 전까지는 자신도 잘 모르는 것 아닌가. 운명이란 화살처럼 강렬하게 꽂히는 것이 아니라 서서히 스며들어 결코 지워지지 않을 만큼 깊게 물들어버린다.

내 경험에 비추어 이야기를 해보자면, 음악을 하다 보면 결국 크고 작은 문제와 부딪치게 된다. 그것이 재능이나 열정과 같은 내부적 문제이든 혹은 자신과는 상관없는 외부적 문제이든, 어쨌든 그 과정에서 상처받으며 아파하게 된다. 그럼에도 이 길을 갈 수밖에 없기에 가는 것이다. 그렇게 가다 보면 이것이 내 운명이라고 느껴지는 단계가 온다.

물론 지금은 운명이라고 믿지만 시간이 지나 운명이 아니라고 여겨질 때가 올 수도 있다. 이 모든 터널들을 다 지나고 나면, 이 길을 순순히 받아들이게 되는 시점이 온다. 그때까지 갈 수 있다면 그건 운명인 것이다.

▶▶

음악이 내게 운명이라고 하여, 벗어날 수 없는 사슬 같은 것이라 하여, 음악을 함부로 다룬 적은 없다. 내 안의 것을 음악으로 이끌어내기 위한 소중한 시간을 보내기도 하지만, 음악만큼 내게 기쁨을 주고 행복감을 주는 것이 없기에 나는 늘 그것을 아끼고 귀히 다룬다.

내게 음악을 할 수 있도록 허락해주는 무대도 마찬가지다. 내가 음악을 하는 순간 무대는 나의 것이기도 하지만 동시에 내 음악을 즐기는 관객의 것이기도 하다. 그 넓디넓은 무대에 서면 나는 가느다란 외줄을 탄 것처럼 늘 긴장되고 떨린다. 그곳에서 나는 완벽하게 '이은미'여야 하고, 내게 무대를 내준 관객에 내 마음을 제대로 전할 수 있기를 늘 바라고 또 바란다.

나를 일깨우는
소중한 일상들

한 시간이 넘도록 나는 같은 자리를 맴돌고 있었다. 부르다 멈추고, 부르다 멈추기를 반복하며 내 안에 움츠려 있는 무언가를 끄집어내려 했지만, 결국 녹음실 문을 박차고 나왔다.

　"정말 미안해요. 도저히 감정이 잡히지가 않네요. 오늘은 그만 접고 내일 다시 하도록 하죠."

　스태프들에게 미안하단 말을 남기고는 집으로 돌아와 「사운드 오브 뮤직」을 꺼내 들었다. 영화의 경쾌한 에너지가 나에게 온전히 전해질 때까지 보고 또 보며 하루를 보냈다. 덕분에 나는 다음 날 녹음을 무사히 마칠 수 있었다.

▶▶

노랫말을 만들거나 곡을 녹음하다 보면 감정이 채워지지 않아 멈출 때가 종종 있다. 그럴 때면 나는 일상을 벗어나 에너지를 충전하길 꿈꾸지만 무작정 어디론가 떠나버릴 수 있는 입장이 아니라 선뜻 그러지 못한다. 대신 내가 택하는 것은 조용한 일탈이다. 최대한 스케줄에 영향이 가지 않는 범위 안에서 혼자만의 방식으로 에너지를 재충전한다. 주로 새로운 자극을 주는 애니메이션이나 영화를 보거나 시를 읽고 그림을 보기도 한다. 이런 것들을 보다 보면 그들이 나와 같지 않아 신기하고, 세상을 보는 낯선 시선도 새롭다.

나는 바닷가재가 되어 인어공주 앞에서 춤을 추기도 하고, 툭 튀어나온 눈과 우스꽝스러운 몸동작을 따라하며 그 넘치는 에너지가 나에게도 전해지길 바라기도 한다. 「백설공주」의 옛날 버전을 반복해서 보면서 안정된 감정의 표현을 배우기도 한다. 캐릭터의 풍부한 표정과 아름다운 멜로디에 담긴 풍부한 감정이 부족한 감성을 채우는 데 큰 도움이 된다.

「택시 드라이버」의 로버트 드 니로와 「스팅」의 로버트 쇼의 눈빛을 보고 있자면 "아, 저런 게 절망을 뚫는 감정일까" 하는 감상이 스치기도 한다.

중국의 현대미술화가 위에민준의 그림에 담긴 웃음 뒤에 숨어 있는 냉소는 크게 드러내지 않으면서도 표현하는 법을 깨닫게 해주기도 하고, 윤동주와 문태준의 시를 읽고 함민복의 글을 읽으며, 감정의 소통은 진실됨에 있다는 진리를 다시 느끼기도 한다.

20년 지기인 화가 허청이 소개하는 음악을 듣는 것도 큰 기쁨이고 자극이다. 그는 나에게 끊임없이 새로운 음악을 소개하고 그 기쁨을 공유하고 싶어 한다. 그가 소개하는 곡들은 실제로 내 소리의 깊이와 흐름에 참고할 수 있는 좋은 안내자 역할을 해준다. 유럽에서 사랑받고 있는 금속 스피커 디자이너인 친구 유국일을 만나면 소리의 진동 방식 등을 배우면서 내 소리의 진동을 대입해보기도 한다.

▶▶

예술가는 대부분 풍부한 감수성을 타고나지만, 나이가 들면 조금씩 무뎌지기 마련이다. 나 역시 그렇다. 나이가 들면서 놓게 되는 감정들이 하나둘 늘어간다. 욕심, 미련, 후회, 슬픔 등 내 몸과 마음을 억누르던 수많은 감정들이 세월의 힘을 빌려 조금씩 가벼워진 것도 느낀다. 홀가분하지만 한편으로는 안타깝기도 하다.

사랑 때문에 죽을 것 같고, 미칠 것 같던 감정도 나이가 드니 그저 쓴웃음 정도로 스치고 만다. 더 절절할 것도, 더 애절할 것도 없이 그놈이 그놈이고 그 사랑도 그 사랑, 그 이별도 그 이별이 된다. 안타깝지만 사실이다.

이처럼 인간이 자아내는 감성의 폭과 깊이는 나이의 영향을 받지만, 어쨌든 예술을 하며 살기 위해서는 첫사랑의 절절함도, 마지막 사랑의 애절함도, 이별의 아픔도 늘 생생하게 표출할 수 있어야 한다. 무대에 서면 이 세상

모든 아픔이 나의 것이듯, 어제 이별한 것처럼 온몸으로 설움을 뿜어내며 노래해야 한다. 마흔이 훌쩍 넘은 나 역시 이제 막 사랑을 시작한 스무 살 청춘이 되어 설레고 환희에 가득한 기쁨을 노래해야 할 때도 있다.

그래서 배우도 가수도 무대 위에선 외로울 수밖에 없다. 자신이 경험해보지 못한 감정, 혹은 현재 자신의 감정과는 전혀 상반되는 감정을 표현하는 것은 말처럼 쉽지가 않다. 사랑하는 연인과 행복에 빠져 있는 이가 이별의 아픔을 표현하는 것이 그리 쉬울 리가 없다. 그래서 필요한 것이 간접경험이다. 영화를 보고, 시를 읽고, 그림을 보고, 소설에 기대서라도 다양한 감성을 접하고 키워야 한다. 그래야 살아 있는 예술이 가능하다.

물론 그 어떤 간접 자극도 직접 경험하여 얻는 감정보다 더 확실할 수는 없다. 하지만 어떻게 인간이 모든 감정을 다 느끼고 소유할 수 있겠는가. 나역시 아무리 노력해도 그 감정을 끌어낼 수 없는 경우가 한두 번이 아니다. 그래서 나는 내 안의 감성이 무뎌지지 않도록 어떤 방식으로든 촉각을 세우려고 애를 쓴다. 행복에 겨워 슬픔이 낯설어지면, 혹은 마음이 너무 고달파 웃는 것이 어색해진다면 나를 잠시 버리고 다른 이를 담으러 떠나기도 한다. 그의 슬픔이, 그의 행복이 내게로 와 온전히 내 것이 되기를 바라면서.

▶▶

안타깝게도 가수를 꿈꾸는 젊은이들 중 상당수가 기쁜 노래를 불러도, 슬픈 노래를 불러도 감정의 차이를 제대로 표현하지 못하는 경우가 많다. 음악을 전문적으로 가르치는 학교나 학원에서 노래하는 법, 연주하는 법을 가르친다지만 이는 어디까지나 기술적인 부분에 국한된다. 슬픈 감정이 무엇이며, 그것을 어떻게 표현해야 하는지까지는 결코 가르칠 수 없다. 감정은 배우는 것이 아니라 스스로 체득하는 것이다.

그런 의미에서 나는 어린 나이에 배우나 가수로 데뷔하는 것을 권하고 싶지 않다. 자기가 할 수 있는 표현은 자기가 느끼는 만큼일 수밖에 없기 때문이다. 물론 어린 나이에 가수가 될 수는 있다. 문제는 그다음이다. 인간이 습관에서 벗어나기란 쉽지 않은 일이다. 운동선수들이 가장 중요하게 생각하는 것이 자세다. 골프나 테니스를 배울 때 기본 자세를 제대로 만들지 않으면 처음엔 반짝할 재능이 있더라도 더 크게 성장하지 못한다.

배움으로 얻을 수 있는 것은 한계가 있다. 특히 음악과 같은 예술은 더욱 그렇다. 감성의 깊이나 폭은 타고나는 영역이기도 하지만 노력을 통해 충분히 성장할 수 있는 영역이기도 하다. 물론 이때의 노력이란 우리가 일반적으로 생각하는 것과 조금 다르다. 고삐를 움켜쥐고 쉬지 않고 내달리는 것이 대부분의 사람들이 생각하는 노력이라면 예술적 감성은 외려 고삐를 늦추고 잠시 멈춰 서는 노력을 통해 더 깊고 폭넓게 성장한다.

내가 녹음실의 김대성 실장을 산으로 이끈 것도 그런 이유에서다. 그는 소리에 있어서만큼은 굉장히 분명하고 정확한 사람이다. 더 나은 소리를 얻기 위해 밤샘 작업도 마다하지 않는 그의 수고에 늘 감사하지만 가끔은 수다를 떨 때조차 소리에 대한 고민을 하는 모습에 안쓰러운 마음이 들기도 한다. 계획 없이 즉흥적으로 그와 산행을 떠나 오르다 힘들면 바위틈에 걸터앉아 바람의 소리를 듣고, 다시 걸으며 흙의 소리를 듣기도 했다. 아무에게도 방해받고 싶지 않은 마음에 큰 바위 뒤로 숨어 멍하니 산 아래를 바라보는데, 그가 갑자기 아이처럼 웃었다. 잠시 어리둥절해졌지만, 정말 맑고 유쾌한 웃음이어서 나도 덩달아 기분이 좋아졌다.

"이 고요함이 좋아요."

그가 두 팔을 벌리며 말했다. 우리는 말없이 한참 산중의 고요함을 만끽하고 돌아왔다.

▶▶

도시에는 우리가 잘 느끼지 못하는 도시만의 진동이 있다. 미세한 진동부터 자동차나 에어컨 소리 같은 소음에 가까운 진동까지 다양하다. 도시가 죽지 않기 위해 만들어내는 소리들이지만, 도시의 중심에서 벗어나 자연 속에 임하고 보면 이 소리들은 인간의 생존과는 상관없는, 부질없는 소음이었음을 알게 된다.

김대성 실장은 소리를 다루는 사람이니 소리를 떠나서는 살 수 없을 것이다. 그런 그에게 정말 필요한 것은 도시 속의 요란한 소음이 아닌, 아무런 소리도 들리지 않는 자연의 고요함, 아무런 진동도 느껴지지 않는 공백이 아닐까 싶었다. 분명 그것이 에너지가 되어 그에게 더 좋은 소리를 찾을 수 있는 힘을 줄 것이다.

악기를 연주하고 노래를 부르며 한 걸음씩 전진하는 삶도 중요하지만 그 발걸음에 깊이를 더하기 위해선 같은 것을 보아도 더 많은 것을 느낄 수 있는 감성의 힘을 키울 필요가 있다. 음악 하는 이는 목소리의 바이브레이션을 구현하기 위해 목을 떨기보단 가슴을 먼저 떨어야 한다. 그래야 비로소 내 음악을 들은 이의 가슴이 함께 떨릴 수 있다. 슬픔 없는 눈물, 기쁨 없는 웃음은 거짓이다. 그 거짓에 같이 울고 웃어줄 이가 얼마나 있을까.

나는 내 안의 감성이 무뎌지지 않도록 어떤 방식으로든 촉각을 세우려고 애를 쓴다. 행복에 겨워 슬픔이 낯설어지면, 혹은 마음이 너무 고달파 웃는 것이 어색해진다면 나를 잠시 버리고 다른 이를 담으러 떠나기도 한다.

그의 슬픔이, 그의 행복이 내게로 와

온전히 내 것이 되기를 바라면서.

나보다 잘할 수는 있어도 나처럼 할 수는 없다

예전에 새로운 음반을 발표했을 때, 평론가들이 내 음악에 낮은 별점을 주었던 기억이 있다. 그 이유 중 하나가 내가 싱어송라이터가 아니라는 것이었다. 그들의 펜 끝에서 울고 웃을 나이도 아니지만, 겉으로 드러난 것만 보고 나의 음악을 단정 짓는 것은 유쾌하지 않았다. 물론 나에 대한 그들의 판단이 아프지만 놓치고 있는 것들을 상기시켜 고마울 때도 있다.

가수는 음반을 발표하기 위해 수많은 곡들을 수집한 후, 데모곡들을 들으며 상상을 시작한다. 한 곡 한 곡이 가지고 있는 멜로디 라인의 흐름과 도입부, 절정부 등을 어떻게 표현할지 고민한다. 곡을 만든 이는 작곡가이지만 곡의 완성도는 가수의 몫이다. 곡은 작곡가 50퍼센트, 가수의 표현 50퍼센트로 완성된다. 일반인들이 생각하듯이 가수가 작곡가나 프로듀서가 시키는 대로만 불러서 곡이 완성되진 않는다.

평론가가 칭찬 일색의 말만 하는 것도 문제지만, 모든 것을 자기 기준으로 판단하는 것도 오류와 왜곡을 초래할 수 있다. 최근에도 비슷한 경험을 했는데, 문화평론이니 음악평론이니 하는 타이틀 뒤에 서서 펼치는 그들의 논리는 몇몇을 빼고는 싸구려 황색언론에나 걸맞은 모습이다. 심지어 인터넷 댓글의 대중심리에 편승하여 글을 쓰기도 한다. 자의든 타의든 그들에게 주어진 권력을 즐기기엔 모자란 인격과 실력을 가지고 있는 경우가 꽤 많다.

예술가들은 누구도 흉내 낼 수 없는 자신만의 색깔을 가지고 있어야 한다. 많은 사람들이 이은미의 음악은 어렵다고 이야기한다. 하지만 나 자신은 내 음악이 어려운 줄 잘 모르겠다. 그럴 만한 이유가 있을 테니 이해해보려고 노력은 하는데, 잘 모르겠다. 어렴풋이나마 짐작하는 것은 동요와 같은 단순한 멜로디의 노래를 불러도 나만의 표현법으로 불러서 어려워지는 것이 아닌가 생각한다.

음악에 대한 표현법을 창법, 즉 소리를 내는 방법으로만 국한할 수는 없다. 내가 부르면 밝은 노래도 슬프게 들리는 경우가 있는데, 그건 딱히 의도한 것이 아니다. 내가 소리를 표현하는 방식에는 내 인생도 녹아 있다. 그런 것들이 한데 어우러져서 나만의 색깔이 탄생하는 것이고, 그래서 그것이 다른 사람들에게는 어렵게 느껴질 수도 있는 것이다. "나보다 잘하는 사람은 있어도 나처럼 할 수는 없다"는 말은 예술가에게 무척 중요하다.

▶▶

나는 많은 후배들이 자신만의 표현법을 갖는 것에 좀 더 집중했으면 좋겠다. 결국 자신의 색깔을 만드는 것이기 때문이다. 예컨대 같은 연도에 생산된 동일한 기타로 똑같은 멜로디를 똑같은 박자로 연주해도 듣는 사람은 이를 다르게 느낀다. 그 사람만의 표현법, 즉 정서, 초킹의 강도, 에너지를 싣는 방법, 악력, 터치감 등등 모든 것이 다르기 때문이다. 보컬리스트도 마찬가지다. 그의 정서, 감성, 몸의 구조, 삶의 방식 등 모든 것이 다르니 표현법도 달라지는 것이 당연하다.

보통 클래식 연주는 악보를 정확히 연주해야 한다고 생각하는데, 그렇다면 그 연주는 모두 동일해야 한다. 하지만 A의 연주와 B의 연주가 같은 소리라고 생각하는 사람은 아무도 없다. 적어도 음악에서의 핵심은 표현이다. 그 느낌으로 교감하는 것이다. 그럼에도 트레이닝 과정에서, 혹은 본인 스스로 유명 가수의 표현법을 따라하며 제2의 누군가가 되고 싶어 하는 경우를 종종 본다. 심지어 나만의 표현법을 찾기보다는 그 가수의 모창에 집중한다. 걱정스러운 일이 아닐 수 없다. 물론 모창도 능력이다. 다만 모창은 모창일 뿐이다. 누군가 이미 했던 것이기에 그것은 결코 본인의 표현법이 될 수 없다.

특정 뮤지션을 좋아하고 그의 음악에서 받은 감흥을 에너지 삼아 음악을 해나간다면 나는 기꺼이 박수를 보낼 수 있다. 그것이 지나친 나머지 제2의 누군가를 꿈꾼다면 나는 말리고 싶다.

"이미 그 가수가 세상에 있는데 왜 제2의 누군가가 되려고 하나?"

좋아하고 닮고 싶은 뮤지션이 있다면 그의 장점을 충분히 파악하여 본받으면 된다. 이와 더불어 냉철한 시각으로 그의 단점도 파악해 보강하면 된다. 여기에 자신만의 색깔을 덧붙여야 새롭게 탄생할 수 있다. 나만의 색깔을 찾는 것은 중요하다. 그것은 당장의 경쟁력을 떠나 오래도록 음악을 할 수 있게 하는 강력한 힘이 된다.

자신만의 색깔이 생기면 무엇에도 흔들리지 않을 강한 자부심도 따라온다. 물론 자만해서는 안 된다. 자만은 자칫하면 발걸음을 묶어두는 덫이 될 수 있기에 끊임없이 자신의 틀을 깨는 노력이 필요하다.

자신만의 색깔을 갖기 위해서는 우선 자신의 소리를 찾아야 한다. 음악을 시작하던 초기에 나는 나만의 소리를 찾기 위해 좋은 음악을 많이 들었다. 레코드를 들으면서 한쪽만 헤드폰을 쓰고 그 노래를 들으며 따라 불렀다. 그러고는 이 사람이 왜 여기서 이만큼의 호흡을 했는지, 이 사람은 이 부분에서 호흡을 어떤 식으로 뽑아내 쓰고 있는지 등을 체크했다.

"그게 들려요? 느껴져요?"

물론이다. 눈을 감고 소리에 집중하면 다 들린다. 소리와 호흡, 숨결까지 모두 느끼고 나면 나도 그렇게 운용해본다. 이러한 시도는 많으면 많을수록 좋다. 그게 남자 보컬리스트건 여자 보컬리스트건, 재즈건 블루스건 록이건, 무조건 다 해보고 나의 표현법과 신체구조에 맞는 것을 찾는다. 그런 과정이 쌓이면 자연스레 내 몸통에서 가장 편안하게 나오는 소리를 찾을 수 있다.

좋아하는 뮤지션을 무작정 따라하는 것은 위험하다. 남에게 좋은 것과 나에게 좋은 것이 같을 리 만무하다. 사람은 저마다 비강의 크기와 높이가 다르다. 울림통이라 할 수 있는 몸통도 구조나 크기가 다 제각각이다. 때문에 호흡, 근육의 이용, 성대의 움직임, 성대로 발음을 완성하는 것 등을 직접 해보고 자신한테 잘 맞는 방식인지 판단해야 한다.

오디션 프로그램에 참가했던 한 멘티는 가수가 되고 싶다는 막연한 바람만 있었지 특별히 노래에 대한 훈련을 한 적은 없었다고 했다. 그냥 집에서 좋아하는 노래를 틀어놓고 흥얼거리며 춤추고 놀았던 것이 전부라고 했다. 그래서인지 자신의 소리에 확신이 없었다. 오디션 프로그램을 통해 나를 만난 그는 나의 멘토링을 통해 소리에 집중하는 법을 알게 되었다. 그리고 제 몸통을 통해 자신만의 소리를 찾는 방법을 조금이나마 깨달았다. 나는 그에게 그 이상의 것을 알려주진 않았다. 그 이상의 것은 알려준다고 해서 알아지지도 않을뿐더러 스스로 시행착오를 겪으며 찾지 않는 한 온전히 제 것이 될 수 없기 때문이다.

연습이 계속되면서 그 스스로도 자신이 내는 소리에 놀라며 그때부터 음악의 참 재미를 알게 되었다. 이제부터 시작인 것이다. 비록 그는 오디션 프로그램에서 중도 탈락하는 아픔을 맛보긴 했지만, 그것은 그리 중요하지 않다. 나는 그가 자신의 꿈을 포기하지 않는 한 언젠가는 무대에서 다시 만날 수 있다고 믿는다. 그는 세상에는 본인이 모르던 음악들도 많다는 것을 인정하고 받아들이기 시작했고, 자신만의 소리를 찾는 방법을 조금이나마 알게 되었다. 그것으로 준비는 끝난 것이다. 이제 더 많은 것을 배우고 훈련하면 된다. 물론 즐겁고 행복하게 그 작업들이 이어질 것이라 확신한다.

▶▶

　나는 음악적 지도나 조언을 할 때 그 사람의 몸에서 날 수 있는 소리를 찾게 하는 데 집중한다. 감정 표현이 부족하다면 여러 가지 방법으로 감정을 끌어낼 수 있게 도와준다. 심지어 직접 노래를 불러주며 똑같은 감정이지만 어떤 것이 더 좋게 느껴지는 것인지 묻기도 한다. 물론 정해진 답은 없다. 저마다 느끼는 답은 다를 것이다. 설령 그가 답을 찾지 못한다 해도 조급해할 필요는 없다. 다른 다양한 자극들을 통해 스스로 그것을 찾게 하면 된다.

　노래의 생명과 같은 호흡도 마찬가지다. 제아무리 목소리가 곱고 감성이 풍부해도 호흡을 끌고 가는 힘이 약하면 노래를 부르는 이는 물론이고 듣는 이 역시 힘겹다. 이럴 경우 나는 아이들에게 묻는다.

　"네가 노래를 부를 때 이 부분이 너무 길어지니 다음 노랫말이나 멜로디를 전하기가 불편하잖아. 네 호흡이 부족하기 때문에 소리를 끝까지 붙잡고 있지 못하는 부분이 있는데, 호흡이 좋아지려면 어떻게 해야 되겠니?"

　그러면 아이들은 이내 '호흡이 좋아지려면 호흡 연습도 해야 되겠어'라고 스스로 생각하고 연습한다.

　물론 처음부터 호흡 연습의 중요성을 간단하게 말할 수도 있다. 하지만 마음이 급한 요즘 아이들은 호흡 연습보다 노래 연습을 더 하고 싶어 한다. 분명하고 확실한 결과물을 얻고자 하는 마음이 앞서기 때문이다. 이런 아이들에게 앞뒤 없이 호흡 연습을 하라면 먹힐 리가 없다.

시간이 걸리고 돌아가더라도 제대로 가야 알맹이를 얻을 수 있다. 급한 마음에 가로질러 가면 결국 주울 수 있는 것은 껍데기에 불과하거나 그마저도 줍지 못하는 경우가 생긴다. 수천 수만 번의 정질과 마치질 끝에 비로소 하나의 석상이 탄생하듯 자신의 목소리를 찾는 과정 역시 그러하다. 그 과정에서 포기하지 말고 버티다 보면 그 누구도 갖지 못한 자신만의 창조적 빛깔을 찾을 수 있고, 그것이 듣는 이의 가슴에 새겨져 기나긴 생명력으로 이어지게 된다.

조급할 필요 없다

요즘 나에게 바람이 하나 있다면 아무것도 하지 않는 시간을 갖는 것이다. 그리 긴 시간이 필요한 것도 아니다. 며칠 정도면 충분할 것 같은데, 그 며칠이 그리 쉽게 주어지지 않는다. 바쁜 스케줄을 소화하다 보면 생각에 잠길 수 있는 여유가 절실하다.

명상이 별것이겠는가. 잠시라도 일상의 짐들을 내려놓은 채 마음을 온전히 비웠다가 다시, 마음을 채우는 것이 명상 아닌가. 요 근래 떠오른 멜로디 라인과 노랫말을 쓰던 게 있는데 마저 정리를 하지 못했다. 그것을 완성하려면 멍하니 앉아서 상상을 하고 꿈을 꿔야 하는데 그게 안 되니 작업이 멈춰버렸다.

생각해보면 나는 자유로움 속에서 음악적 영감을 받고, 그 영감으로 노랫말을 쓰거나 음반 녹음을 하며 감성을 끌어내기도 한다. 얼마간의 자유가 주어지면 종종 산에 올라가 앉아 있다 내려온다. 굳이 영감을 받거나 내 안의 것을 정리할 마음으로 산에 오르는 것은 아니다. 이유나 목적 없이 앉아 머리와 마음을 비우다 보면 나도 모르게 새로운 것들이 차오르기도 한다. 설령 그렇지 않다 해도 괜찮다. 아무것도 안 하는 것이 가장 많은 것을 하는 것일 때가 있다.

언젠가 늦은 밤 작곡가 윤일상이 전화를 했다. 그는 술에 취한 목소리로 술자리에 함께하고 있는 사람들 이름을 일일이 열거하며 나오라고 권했다. 마음이야 달려 나가고 싶었지만 정작 몸은 다음 날 스케줄을 위해 잠을 청하고 있었다. 그렇게 5분여간의 시간이 흐른 후 다시 전화가 왔다. 우리는 똑같은 실랑이를 했고 그는 다시 전화를 끊었다. 그리고 5분 후 그에게서 또 전화가 걸려왔다. 같은 말이다. 그런데 이번에는 전화를 끊기 전 그가 한마디를 덧붙였다.

"누나는 참 희한하게 조급하지 않아. 그래서 누나가 좋아."

"그래. 나도 너 좋아해."

술에 취한 그를 다독이며 나는 전화를 끊었다.

"조급하지 않다고? 내가?"

나는 난생처음으로 듣는 말에 다소 의아했다. 곰곰이 생각해보니 그의 기준에서 보면 내가 조급하지 않게 보일 수도 있겠다 싶었다. 그는 열여덟 살 때부터 지금까지 쉬지 않고 달려온 사람이다. 그리고 많은 가수들이 그에게 새로운 곡을 요청하며 어떤 곡이 인기를 끌 수 있는지, 어떤 스타일의 곡이 사람들의 마음을 사로잡을 수 있는지 상담하고 고민한다. 그런 생활 패턴에 익숙해 있는 탓에 그의 눈엔 내가 조급하게 보이지 않았던 모양이다.

▶▶

생각해보면, 내가 조급하지 않을 수 있었던 이유는 가수로서의 성공, 유명해지고 싶다는 욕망 등 음악 이외의 짐들을 내려놓고 가볍게 달렸기 때문인 것 같다. 그래서 지금처럼 멀리 올 수 있었는지도 모른다. 성공하고 싶고, 스타가 되고 싶었다면 나는 지금보다 더 착하고 친절한 사람으로 살았을 것이다. 방송 출연도 더 열심히 하고, 방송에 나와 그들이 원하는 말과 행동으로 예쁨을 받았을지도 모른다. 하지만 성공, 인기 등과 같은 달콤한 것들을 얻기 위해 내가 내려놓아야 하는 것이 있음을 잘 안다.

1집을 낸 이후 〈기억 속으로〉가 큰 성공을 거두면서 내 음악을 좋아하는 이들이 조금씩 생기기 시작했다. 당시의 나는 성공에 욕심이 없었기에 그런 반응들이 외려 의아했다. 첫 공연을 할 때도 마찬가지였다. 내 공연을 보기 위해 극장 밖에 줄지어 선 사람들을 보며 설레고 기쁜 마음보다 "나를 어떻게 알지? 어디서 내 음악을 들은 거지?"라는 의문이 더 컸다. 누구는 첫 음반이 나왔을 때 레코드점에 꽂힌 자신의 음반을 보고 울었다고도 하는데, 나는 의외로 담담했다. 그냥 새 음반이 나왔으니 엄마께 하나 가져다드린 것이 전부다. 누군가 나를 알아봐주고, 내 음악을 좋아해주는 것과 상관없이 나는 내가 좋아서 음악을 했다. 주위의 반응과는 무관하게 계속 음악을 할 것이기에 첫발을 내디뎠다고 해서 별다를 것은 없었다.

예전에도 그랬지만 지금도 나는 대중의 폭발적인 관심이나 인기를 끌지는 못한다. 하지만 나는 그것에 대해 한 번도 고민해본 적이 없다. 내가 고민하고 조급해한다고 훌륭한 음악이 빨리 만들어지는 것도 아닐뿐더러, 많은 사람들이 내 노래를 듣지 않는다고 안타까워한들 달리 방법이 있는 것도 아니란 것을 알기 때문이다. 난 그저 내 위치에서 열심히 음악을 했을 뿐이다.

음악을 하는 많은 후배들이 조금 더 멀리 보고 음악을 해줬으면 하는 마음이 크다. 빨리 이름을 알리는 것도 중요하지만, 인생이 그러하듯 음악이 완성되는 데도 시간이 필요하다. 성급한 마음에 함부로 출연했던 방송에서의 가볍고 얄팍한 모습이, 멀고도 긴 그의 음악 여정에 치명적 흠집이 될 수 있음을 신중히 생각해야 한다. 이 판단은 오직 스스로만 할 수 있는 일이다.

음악 외에도 재능이 있어서 많은 이들에게 즐거움을 줄 수 있다면 그것도 의미 있는 일이지만, 적어도 사람들이 자신의 노래를 들어주지 않아서 오락 프로그램에 나간다고 변명해서는 안 된다. 나는 그들이 말하는 '들어준다'의 기준이 과연 어떤 것인지 묻고 싶다. 꼭 많은 이들이 들어주고 음반이 어느 정도 이상 팔려야만 들어주는 것인가. 단 몇 명의 관객을 앞에 두고도 가수는 최선을 다해 노래를 불러야 한다. 그 몇 명 중에 나의 음악에 날개를 달아줄 사람이 있을지 모르는 일이다.

◆◆

　조급하지 말라는 말은 마냥 여유롭게 쉬엄쉬엄 음악을 하라는 뜻은 아니다. 몸은 분주하되 마음의 욕심은 내려놓고 달리라는 의미다. 하루하루 음악적 재능을 갈고닦으며 단 한 명의 관객을 위해서도 최선을 다해 노래를 부르다 보면 결국 기회는 온다. 그 한 명이 열 명이 되고, 열 명이 백 명, 천 명이 되는 것은 결국 끊임없는 노력과 기다림의 결과다.

　물론 아무도 알아주지 않는데 스스로를 다독이며 노력하는 것이 참으로 힘들고 외로운 싸움임을 나도 안다. 나 역시 매번 음반을 낼 때마다 그 안에 든 곡 모두 사랑받기를 기원하지만 아쉽게도 대부분 별다른 반응이 없다. 하지만 그리 염려하지 않는다. 내가 최선을 다하고, 또 좋은 곡들인 만큼 언젠가는 다시 재조명되는 날이 올 것이라 믿는다. 그것은 비단 나의 음악만이 아니다. 아주 오래전의 음악이 어떤 계기로 재조명되고 사랑받는 일은 심심치 않게 있어왔다. 그래서 나는 반응이 없어도 그리 당황하거나 실망하지 않는다. 그저 시간이 좀 걸리겠지 할 뿐이다.

　음악, 나아가 예술을 하는 사람은 조급할 이유가 없다. 고흐만 하더라도 살아생전 단 한 번도 천재성을 인정받지 못했지만 오랜 세월이 흐른 지금은 많은 이들이 그를 천재 화가로 인정하고 그의 작품을 사랑한다. 그처럼 나 역시 멋있는 뮤지션으로 기억되고 싶다. 그래서 조급하지 않으려 한다.

시간이 걸리고 돌아가더라도
제대로 가야 알맹이를 얻을 수 있다.

급한 마음에 가로질러 가면 결국 주울 수 있는 것은
껍데기에 불과하거나 그마저도 줍지 못하는 경우가 생긴다.
수천 수만 번의 정질과 마치질 끝에 비로소 하나의 석상이 탄생하듯
자신의 목소리를 찾는 과정 역시 그러하다.
그 과정에서 포기하지 말고 버티다 보면
그 누구도 갖지 못한 자신만의 창조적 빛깔을 찾을 수 있고,
그것이 듣는 이의 가슴에 새겨져

기나긴 생명력으로 이어지게 된다.

마돈나가 왜
마돈나인 줄

——

알아?

음악 오디션 프로그램의 멘토로 활동할 당시, 멘티를 선택해야 하는 날이었다. 그간의 심사 과정에서 특정 아이를 자신의 멘티로 데려가겠노라 미리 점찍는 경우도 있지만, 나는 최종 선택의 순간이 올 때까지 아무것도 결정하지 않은 상태였다.

멘티를 선택할 때 내가 가장 중점적으로 보았던 것이 성장 가능성과 근성인 만큼 최종 순간까지 아이들을 눈여겨보고 결정하고 싶었기 때문이다. 성장 가능성이란 이 프로그램이 끝날 때까지의 짧은 장을 의미하는 것이 아니다. 그가 프로로 데뷔한 후 대중들의 호응을 얼마나 얻을 수 있는가 하는 상품성의 기준도 중요하지 않다. 그렇다고 미완의 아이들에게 프로 음악가에 준하는 실력을 기대하는 것은 더더욱 아니다. 말 그대로 그 아이의 음악적 재능, 표현력 등이 얼마나 성장할 수 있는지 그 가능성을 의미하는 것이다.

프로그램에서 매주 새롭게 주어지는 미션들, 혹은 내가 개별적으로 제시하는 미션들을 어떻게 해석하고 표현하는지, 미션들이 거듭될수록 어떻게 한계를 뛰어넘으며 성장하는지 등을 체크하면서 최종적으로 멘티를 결정했다. 이 과정에서 모두가, 심지어 나조차 예상치 못한 의외의 결과가 나오기도 했다. 내가 선택한 사람 중 한 명은 솔직히 이전까지의 무대에서는 썩 좋은 느낌을 받지는 못했다. 하지만 나의 마음을 끈 결정적 무대가 있었고, 그 무대에서 보여준 그 아이의 열정을 통해 나는 망설임 없이 그 아이를 나의 멘티로 선택했다.

일주일마다 새로운 미션들이 부여되는 탓에 참가자들은 연습할 시간이 그리 충분치 않았다. 더군다나 댄스곡은 노래와 춤을 함께 소화해야 하니 더더욱 시간이 부족했다. 솔직히 그 아이가 보여준 무대는 여러모로 부족했지만 무대에서 보여준 눈빛만큼은 그 누구보다 빛났다. 정말 좋아서 하는 것이 눈에 보였다. 게다가 나는 그 아이가 노래와 춤을 연습하며 흘렸던 눈물과 땀까지 봐왔던 터라 그 모습이 더 예뻐 보였다.

무대에서는 그렇게 빛이 나야 한다. 연습할 때는 힘들어서 울고불고했을지 몰라도 무대에선 반짝반짝 빛나야 한다. 나는 그 아이의 무대를 지켜보며 내가 더 빛나게 해줄 수 있을 것 같다고 생각했다. 지금은 비록 소리가 안 터져 가창이 약할지라도 앞으로 열심히 노력하여 소리가 터지게 하면 되니까, 그리고 나를 잘 따라줄 근성만 있다면 더 빛날 수 있으리라 확신하며 나는 그 아이를 멘티로 결정했다. 재능은 확신하지 못했지만, 적어도 그가 보여준 근성과 열정이 있다면 지금보다 훨씬 나은 모습으로 빛날 수 있을 것이라는 확신이 들었기 때문이다.

▶▶

기본적인 재능을 갖추었다면 그다음엔 누가 더 열심히 하느냐에 달렸다. 무조건 열심히 달리는 것보다는 재능을 더 빛낼 수 있는 방향을 찾아 열심히 달리는 것이 중요하다. 때문에 나는 매번 다음 무대에선 조금이나마 아이들이 성장한 모습을 보여주는 것에 집중하여 지도했다. 예컨대 이번 무대에서 그가 댄스곡을 잘 소화했다면, 다음 무대에서 더 성장한 모습을 보여주기 위해 익혀야 하는 표현법에 대해 고민한 후 다음 미션을 준다. 음악 오디션 프로그램의 목적은 멘토의 멘토링을 통해 아이들의 성장을 돕고, 아마추어에서 프로로 변모해가는 모습을 지켜보는 것이기 때문이다.

성장 가능성과 근성을 보고 선택한 아이가 다음 무대에서도 댄스곡을 부르겠다고 했다. 자신의 꿈이 댄스 가수이기 때문이란다. 나는 그 아이에게

'마돈나'가 왜 30년 동안 최고의 스타 아티스트로 평가받고 있는지 그 이유를 설명하며, 그녀가 댄스 가수로 출발했지만 그것만 잘하는 가수로 남지 않았기 때문이란 걸 이야기했다. 나는 몇 년 전 마돈나의 투어 때 모습을 아이에게 말해주었다. 그녀의 모든 공연이 훌륭하지만 특히 그 해에는 기타를 치면서 노래를 하는 모습까지 보여줘 사람들의 심금을 울렸다.

비욘세와 같은 음악을 하고 싶다고 댄스 음악에만 열중하면 안 된다. 기본이 되는 다른 음악을 섭렵하고 난 뒤에 집중해도 늦지 않다. 실제로 비욘세 같은 음악을 하려면 블루스를 알아야 한다. 그런데 블루스를 알려면 록도 이해해야 한다. 포크 록 계열의 음악이나 멜로디를 표현할 수 있으면 블루스나 록 음악에 한 걸음 다가가게 되는 것이다. 이렇게 블루스나 록 음악을 소화하면 나중에 비욘세보다 더 멋진 댄스 가수가 될 수도 있다.

그림을 처음 배우는 사람이 대뜸 추상화부터 그릴 수는 없는 일이다. 그림을 잘 그리기 위해선 줄긋기부터 시작해야 하고 영어회화를 잘하기 위해선 단어 암기가 필수인 것과 같다. 다시 말하지만 모든 공부와 마찬가지로 노래도 기본부터 다져야 하고, 그러기 위해서는 충분한 시간이 필요하다. 나는 그 아이에게 자신이 바라는 음악을 하기 위해 거름이 되는 다른 음악들을 접하고 익히는 것에 대한 중요성을 이야기했다. 다행히 아이는 금세 내 말의 의미를 이해했고, 그것을 잘 따라주었다.

▶▶

사실 누구라고 할 것도 없이 요즘 아이들은 좋아하고 관심 있는 음악만 듣는 경향이 강하다. 이것저것 가리지 않고 들으며 끝없이 음악에 대해 탐색하던 우리 세대와는 많이 다른 모습이다. 내가 음악을 접하던 즈음에는 우리나라의 대중음악이 지금처럼 다양하고 수준이 높지 않았다. 그런 이유로 한 국가요보다 주로 서양의 음악을 들으며 음악을 공부할 수밖에 없었다. 음반을 구하기도 힘들었을 때라 음악을 한다는 친구들끼리 새로운 음반을 구하면 자랑을 하던 시절이었다. 그만큼 음악도, 음악에 대한 정보를 구하는 것도 어려운 시기였기에 어쩌면 더 소중하고 애틋했던 것인지도 모른다.

그때와 비교하면 지금은 음악도 다양해졌을 뿐만 아니라 음악을 구할 수 있는 경로도 훨씬 간편해졌다. 단돈 몇백 원이면 음악 한 곡을 가질 수 있는 세상이다. 그럼에도 많은 아이들이 음악을 아주 제한적으로 듣는다. 음악의 시기도 그러하고, 음악의 장르, 심지어 뮤지션까지 그 범주가 매우 협소해졌다. 예전엔 음악을 듣다가도 불현듯 그 아티스트가 누구의 영향을 받았는지 궁금하면, 그 호기심을 채우기 위해 그 사람 주위의 음악까지 찾아서 듣곤 했다. 블루스 음악을 듣다 보면 이 음악은 어떤 음악에서 파생되어 블루스 형태로 만들어진 것인지 궁금해 답을 찾기 위해 또 다른 음악들을 거슬러 올라가며 연달아 들었다.

이처럼 끝없는 호기심으로 음악을 찾아서 듣는 것은 음악적 재능을 키우는 좋은 방법이지만, 요즘 음악 하는 사람들은 좋아하는 것만 듣기에도 바쁜지 호기심이 덜한 것 같다. 그러면서 협소한 호기심과 노력을 그저 '자기 음악을 한다'는 말로 포장하려 든다. 많은 것을 가지고도 제가 가진 것이 무엇인지 미처 그 가치를 알지 못하고, 더 많은 것을 누리지 못하는 아이들의 닫힌 마음이 안타깝다.

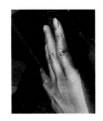

예술가는 돈을 따지면 안 된다?

음악을 시작한 이후 나는 굶는 것을 두려워한 적이 없다. 실제로 신인 때는 돈이 없어서 남에게 얻어먹기도 했다. 공연을 하러 갈 때도, 돈이 없으니 먹는 것도 잘 곳도 여의치 않아 종종 지인들에게 폐를 끼치곤 했다. 그래도 비참하다는 생각은 안 했다. 그리 넉넉하게 자라지 못했기에 불편함을 두려워하지 않기도 했지만, 나는 진정 두려워하고 염려해야 할 것은 따로 있다는 것을 잘 알고 있었다.

✦✦

    사랑을 해본 사람들은 알 것이다. 사랑을 할 때 가장 두려운 것은 그 사랑을 잃는 것임을. 나 역시 음악을 사랑한 이후 늘 그것을 잃을까봐, 지키지 못할까봐 두려웠다. 그래서 더 악착같이 음악을 부둥켜안고 뛰었는지도 모른다.

    예전에는 대부분의 음악 하는 이들이 가난했다. 노래를 부르다 불현듯 여행을 가고 싶다는 생각이 들어도 차도 없고, 돈도 없으니 쉽게 갈 수 있는 상황이 아니었다. 어렵사리 차를 빌려 떠나는 귀한 여행길에는 뒷자리에 서너 명이 겹쳐 앉고도 모자라 트렁크에 실려 가는 이도 있었다. 한계령 즈음을 지나면서 우리는 커피를 나눠 마시며 울기도 했다. 너무 좋아서, 행복해서 나오는 눈물이었다. 이렇게라도 서로 의지하며 음악을 할 수 있다는 것, 서로가 서로에게 희망일 수 있다는 것, 그것으로 충분했다.

    1, 2집이 많은 이들에게 사랑을 받았지만 어쩐 일인지 내 손에 쥐어진 돈은 별로 없었다. 하지만 그리 걱정하지 않았다. 3, 4집을 내주겠다는 사람들이 있었고, 나는 음악을 계속할 수 있다는 것만으로 좋았다. 믿었던 선배가 큰돈을 들고 잠적한 이후, 빚을 갚기 위해 더욱 처절하게 음악을 해야 했지만 그것은 빚을 갚기 위한 것만은 아니었다. 내 음악을 지키고, 내 밴드를 지키기 위해, 또한 내가 사랑하는 음악을 지키기 위한 몸부림이었다. 시간이 지나면서 이름이 알려지고 수익도 제법 생기면서 나는 비로소 돈이 주는 압박감에서 다소 벗어날 수 있었다.

    하지만 나는 여전히 나 자신에게 쓰는 돈에는 인색했다. 내가 책임져야 할 식구들도 많고 남에게 아쉬운 소리 하는 것도 싫었기 때문이다. 월급을 제

때 주지 못하고 며칠만 기다려달라는 말은 죽기보다 하기 싫었다. 그러다 보니 정작 여유가 생겨도 나 자신에게는 뭔가를 잘 못해줬다.

그런 내가 안타까웠는지 어느 날 친구가 나를 백화점의 고급 구두매장으로 데리고 갔다. 그러고는 한눈에 보기에도 값비싼 구두를 선물해줬다. 한사코 거절하는 내게 친구가 말했다.

"나는 너를 지켜보고 있는 후배들이 음악가는 다 가난하고 배고프고 궁상맞게 산다고 생각할까봐 걱정이 돼. 너는 그들에게 희망을 줘야지. 이은미처럼 예능프로 나와 웃음 팔지 않아도, 밤무대 전전하며 취객 앞에서 노래하지 않아도, 트렌드 좇는 노래를 하지 않아도, 고집스럽게 음악만 하고 살아도, 열심히 하면 저렇게 좋은 신발도 신을 수 있고, 좋은 옷도 입을 수 있고, 남들한테 베풀고 살 수도 있구나 하는 것을 보여주란 말이야."

친구의 말에 나는 많은 것을 깨달았다. 나를 보며 음악을 하는 후배들도 있을 텐데, 그들에게 희망을 주는 존재가 되고 싶었다. 음악가도 노력하면 얼마든지 돈을 잘 벌 수 있다는 희망을 심어주는 것이 우선이란 것을 깨달았다.

▶▶

예술가와 돈. 우리는 이 둘이 불과 기름처럼 서로 가까워지면 위험하다고 오해한다. 적어도 돈을 위해 예술과 신념을 팔아서는 안 되니 말이다. 하지만 나는 음악을 하는 후배들에게 계약 관계에서는 금전적인 부분을 반드시 따져보라고 조언한다. 음악가에게 돈은 더 좋은 옷을 입고, 더 좋은 차를 타고, 더 좋은 음식을 먹기 위해 필요한 것이 아니다. 물론 그것이 나쁘다는 것은 아니지만, 그보다 내 음악을 지키고, 음악적 신념을 지키고, 사람들을 지켜내는 일이 우선이다. 특히 프로 음악가의 길을 선택한 이상 자신의 음악을 지키는 데 필요한 최소한의 돈은 반드시 따져야 한다. 예컨대 다음 음반을 준비해야 하는데 돈이 없어 못한다면 얼마나 가슴 아픈 일인가. 다행히 음반이 인기를 끌고, 돈을 많이 벌게 된다면 나 스스로 내 음악을 지킬 수 있는 힘이 생긴다. 내 돈으로 당당히 내 음반을 준비한다면 적어도 주위의 간섭과 참견으로 내 음악이 흔들릴 일은 없다.

가수의 꿈을 품은 많은 아이들이 기회를 잡기 위해 앞뒤 재지 않고 덤비는 경우를 종종 본다. 어쩌면 꿈을 이룰 수 있고, 스타가 될 수 있다는데 돈이 다 무슨 소용이냐는 생각이 드는 것은 당연하다. 돈은 내가 힘 있는 위치에 올라갔을 때 벌어도 늦지 않다고 생각하는 것이다. 그런 이유로 아이들은 부당한 계약 조건에도 그냥 도장을 꾹 찍어버린다. 심지어 계약의 내용조차 제대로 확인하지 않는 경우도 많다. 하지만 그로 인해 불행한 사건들이 많이 일어나고 있으니 당장의 유혹에 현혹되지 말고 차분히 심사숙고할 필요가 있다. 실제로 언론에서는 늘 제작자들의 노예계약을 이야기하며 그들의 상업주의를 비판하지만, 너도 나도 연예인을 꿈꾸는 현재의 상태로는 수요보다 공급이 많다 보니 제작자들의 횡포에도 당당하지 못하고, 그 언저리라도 잡으려 애쓰는 악순환이 계속되는 것이다.

▶▶

1집을 준비하던 시절, 나와 같은 소속사에서 음반을 준비하던 친구가 있었다. 가창력도 훌륭하고 음악성도 있어서 그는 이내 인기를 끌었다. 하지만 언젠가부터 가요계에서 그의 얼굴을 볼 수가 없었다. 소리 소문 없이 가요계를 떠난 것이다. 그 배경에는 돈과 계약의 문제가 있었다. 음반이 인기를 끌자 후속 음반을 준비하는 과정에서 새로운 투자처가 나타났고, 그 친구는 소속사를 옮겼다. 안타깝게도 투자처의 상황이 안 좋아져 음반 제작은 무산되었다. 하지만 이미 그 친구는 그 소속사와 계약을 한 상황이라 다른 데도 가지 못했다. 그렇게 한 해 두 해 시간만 흐르는 사이, 결국 대중은 그를 잊었다.

사실 그렇게 가요계에서 잊힌 사람들이 어디 그 친구 한 명뿐이겠는가. 그런 안타까운 행보를 기억한다면 반드시 따질 건 따져본 후 계약서에 도장을 찍어야 한다. 솔직히 나 역시 오래전 계약 때문에 지금도 여전히 곤욕을 치르고 있는 일들이 있다.

이런 일이 있었다. 데뷔 전 한 선배가 노래도 부르고 돈도 벌 수 있다며 아르바이트를 제안했다. 영어 교재를 만드는 회사에서 팝으로 영어를 배우는 테이프를 만드는데 거기에 들어갈 노래를 부르는 것이었다. 당시 라이브 카페에서 노래를 하던 때라 용돈이 많이 궁했다. 집에서 라이브 카페까지 오가는 교통비와 식비 정도는 있어야 계속 노래를 부를 수 있을 것이란 생각에 아르바이트를 하기로 했다. 나는 총 100곡 중 12곡 정도를 불렀다. 그런데 내가 데뷔를 하고 이름이 알려지기 시작하자 그 스튜디오 사장이 내가 부른 노래들을 모아 영어교재와는 상관없이 음반으로 내버린 것이다 커버 버전으로 만든 것이라 원래 가수의 목소리를 모창하여 부른 탓에 엄격히 말하면 그것은 내 목소리도 아니었다. 게다가 스튜디오에서 밤을 새우며 하루에 12곡을 모두 녹음했고, A트랙, 즉 8트랙 녹음기로 작업한 것이라 음질마저 조악했다. 그런데 그걸 지금도 내 이름을 걸고 팔고 있으니 화가 날 수밖에 없다. 상황이 이러하니 나는 법의 힘을 빌려서라도 막아야 한다는 생각이 드는 것이다.

나는 여러 경험을 통해 음악가가 자기 음원에 대한 소유권을 가지고 있는 것이 얼마나 중요한지 새삼 절감했다. 내가 원하지 않는 작업에 내 음악이 쓰이는 것을 방지하기 위해 나는 인세는 포기하더라도 반드시 판권을 갖는다.

▸▸

나를 비롯한 많은 뮤지션들이 잘 알지 못해서, 혹은 알더라도 선택의 여지가 없어서 잘못된 판단을 하는 경우가 있다. 나는 조언을 구하는 후배들에게 스스로 판단할 수 없다면 부모님이나 법 관련 종사자들에게 조언을 구해보라고 말해준다. 사실 계약서에는 아무리 봐도 잘 모르는 법률 용어들이 많다. 반드시 변호사 등 법조계 사람들의 조언을 구하고 나한테 오는 득실이 무엇인지 꼭 따져보아야 한다. 물론 득이 적고 실이 크다 해도 기회란 자주 오는 것이 아닌 만큼 무조건 해야 한다고 판단되면 하면 된다. 하지만 최종 판단 역시 주위의 어른들과 상의해야 나중에 더 큰 후회를 막을 수 있다.

아직 데뷔도 하지 않은 가수 지망생 처지에 계약 내용을 조목조목 따지는 것이 쉽지 않을 수 있다. 하지만 대중의 관심을 얻고 그것으로 돈을 버는 대중음악인의 입장에서 계약 관계는 의식주 해결이라는 당장의 현실과 직결되어 있다. 어디 그뿐인가. 1집만 내고 말 것이 아니라면 다음 음반을 준비할 수 있는 힘도 이러한 냉철한 현실을 통해 만들어지는 것이다.

화가가 자신의 그림을 팔아 화구를 사고, 다음 그림을 그려나가듯 음악
가는 자신의 음악을 팔아 다음 음악을 이어가야 한다. 음악이 제 가치를 인
정받을 수 있도록, 그것을 귀하게 다루어줄 사람을 찾는 일은 정말 중요한 일
이다.

4분의 드라마를 위 하 여

싱어송라이터를 꿈꾸며 열심히 곡을 만들고 노랫말을 쓰는 후배들을 보면 정말 대견하다. 나 역시 가끔 멜로디나 노랫말을 쓰곤 하지만 결코 만만치 않은 작업임을 알기에 그들의 재능과 노력이 존경스럽기까지 하다.

노랫말 작업을 하면서 제일 고생했던 곡이 5집에 들어 있는 〈Sunflower〉
이다. 이 곡은 원래 일본 여가수 다카하시 마리코의 노래인데 미국의 로버타
플랙이 일본에서 발매되는 음반을 만들 때 리메이크해서 불렀고, 한국에서
는 나에게 요청이 와서 음반에 수록하기로 했었다. 원곡을 들어보면 '숨결조
차 핑크빛'이라는 표현이 있을 정도로 사랑에 빠진 여자의 행복한 마음이 잘
나타나 있다. 그런데 어쩐 일인지 나는 이 노래가 슬프고 애절하게 들렸다.
리메이크를 하기로 결정한 다음 편곡자와 상의하여 드럼처럼 강한 타악기는
빼고, 현악기를 사용해 애절한 느낌을 살리기로 했다. 그리고 노랫말 역시
곡의 느낌을 살려 다시 써보기로 했다. 노랫말을 쓰기 위해 멜로디를 분석해
보니 결코 쉽지 않은 작업이 될 것 같았다. 노랫말은 그 안에 스토리가 들어
있어야 하는데 그러려면 최소한의 글자 수가 확보되어야 한다. 그런데 이 곡
은 멜로디도 단순하고 글자 수를 맞추기 힘든 구조였다. 작사가 조은희 씨랑
같이 작업을 하며 그는 그대로 나는 나대로 각기 다른 테마로 노랫말을 써
보기로 했다.

얼마 후 우리는 각자 쓴 노랫말을 보며 비교했는데, 앞뒤가 연결되는 스
토리로 쓰려면 멜로디가 조금 더 있어야 한다는 것이 둘의 공통된 의견이었
다. 하지만 멜로디를 추가할 수 있는 상황이 아니라 어떻게든 주어진 조건 안
에서 노랫말을 완성해야 했다. 그나마 다행인 것은 둘이서 바라보는 곡의 느
낌이 비슷하다는 것이었다. 서로 의논한 끝에 둘의 노랫말을 털어 하나로 합
치기로 했다. 완성하고 보니 공교롭게도 한 줄은 내가 쓴 것, 한 줄은 그가 쓴

것이 앉혀졌다. 그런데 코러스 부분은 도무지 해결이 되지 않았다. 글자 수가 '4-4-4-3'으로 반복되는 구조라 함축된 언어로 연결시키는 게 어려웠다. 결국 사운드 편곡부터 녹음까지 다 해놓고 노랫말이 완성되지 않아 1년의 시간이 흐지부지 흘러버렸다. 그러던 어느 새벽, 자다가 벌떡 일어나 악보를 꺼내 들었다.

그리움아 그리움아 그대가 날 잊어도
내 사랑아 내 사랑아 더 사랑하지 않기를

아무리 생각해도 그 이상은 나올 것 같지 않아 조은희 씨에게 메일로 노랫말을 보냈다. 그도 찬성하여 바로 다음 날 녹음에 들어갔다. 결국 '노스텔지어' 앨범에 넣으려 했던 곡을 5집 앨범인 '노블레스'에 넣게 되었다.

▶▶

노랫말 작업이 뭐 그리 힘드냐고 말할 수도 있겠지만, 노랫말은 우선 글자 수에 제약을 받는다는 어려움이 있다. 특히 멜로디가 먼저 완성된 후에 노랫말을 쓰려면 더욱 그렇다. 어디 그뿐인가. 음악이 연주되는 4분가량 동안 하나의 스토리가 완결구조를 갖추고 들어가야 한다. 말 그대로 '4분의 드라마'인 셈이다.

그보다 더 힘든 것은 우리말의 구조에 따른 어려움이다. 우리말은 받침과 된소리가 많다. 노랫말에 받침과 된소리가 많이 들어가면 멜로디 구성을 깰 위험이 있다. 즉 그 멜로디에 그 발음을 붙이면 멜로디가 손상되는 경우가 생기는 것이다. 결국 창법으로 소리를 만들어내면서 의미도 전달되어야 하니 노랫말을 만드는 것이 어려울 수밖에 없다. 뿐만 아니다. 실제로 노래를 부를 때도 우리말은 영어와 일본어로 부르는 노래와는 창법이 많이 다르다. 영어나 일본어처럼 받침이 거의 없는 언어들은 비강이 울려야 정확하게 발음이 전달된다. 그래서 비음을 내며 노래를 불러도 노랫말 전달에 그다지 문제가 없다. 하지만 우리말의 받침과 된소리를 정확히 전달하기 위해서는 비강이 아닌 몸통이 울려야 한다. 직접 소리를 내보면 더 확실히 알겠지만, 이런 것들은 비음으로는 정확하게 발음하기가 힘들다. 내가 후배들에게 비음에 대해 계속 지적하는 이유가 바로 여기에 있다.

이처럼 노랫말 짓기는 한정된 멜로디 안에 완결된 스토리 구조를 갖추고 받침이나 된소리를 가급적 피할 수 있는 단어를 선별해야 하는 까다로운 작업이다. 전체 의미가 통하면서도 그 단어의 의미가 포함되어 있는 단어, 즉 음도 좋고 뜻도 통하는 단어를 찾기가 생각처럼 쉽지가 않다.

얼마 전 어떤 프로그램에서 음악인들과 코미디언들이 노래를 만들고 연주도 하는 재미있는 콘셉트의 방송을 보다가, 웃어야 할지 울어야 할지 모를 당혹스러움을 느낀 적이 있다. 참가한 곡들 중 하나가 '사귈래 죽을래'라는 제목이었는데, 흥미를 유발시키기 위한 목적이라 해도 너무 지나치다는 느낌이 들었다. 얼마 전 나와 같은 이름을 가진 어린 가수가 헤어진 남자친구에게 살해당한 일도 있었고, 실제로 그런 일들로 고통받는 여자들이 많은 것으로 알고 있는데 그 고통의 당사자가 이 노래를 들으면 어떤 생각이 들까 싶었다. 그것을 과연 표현의 자유라고 할 수 있을까? 노랫말이 굳이 아름다울 필요는 없지만 누구에게 고통을 주는 것은 문제다.

▸▸

노랫말을 쓰는 것과 시를 쓰는 것이 비슷하리라 여기는 사람들이 많다. 하지만 시의 구성에서 느껴지는 리듬감과 노랫말의 리듬감은 다소 차이가 있다. 시의 구성에서 느껴지는 리듬이나 멜로디보다 노랫말의 구성이 훨씬 더 복잡하다. 노랫말은 가수의 목소리를 통해 직접 전달되고 멜로디와 리듬까지 더해지니 기복이 더 심할 수밖에 없다. 때문에 발음상으로 전달되는 리듬감만을 생각하며 글을 쓸 수가 없다. 실제로 많은 시인과 소설가들이 노랫말 작업을 하다가 대부분 중간에 포기하고 만다. 노랫말은 감성이나 글솜씨뿐만 아니라 기술적인 부분도 필요하기 때문이다. 특히 멜로디의 기복이 심하고 장대하게 흘러가는 것일수록 힘들다. 대하 서사시처럼 흘러가는 경우는 기승전결을 고려하며 스토리를 끌고 가는 힘도 있어야 하고, 멜로디가 다치지 않는 소리도 찾아야 하고, 그 소리 안에 의미도 담아야 한다.

노랫말을 쓸 때 기술적인 부분 못지않게 중요한 것이 하나 있는데, 바로 감성이다. 사람들이 대중음악에 쉽게 마음을 여는 것은 그것이 '남의 이야기가 아닌 바로 내 이야기'라는 공감 때문이다. 실제로 대중들의 관심 속에서 긴 생명력을 이어가는 곡들을 보면 그 노랫말이 나의 경험과 겹치면서 왠지 더 드라마틱하고 아름다운 추억같이 느껴지는 곡들이 많다. 이러한 감성을 잡아내는 것 역시 재능과 노력이 합쳐져야 가능한 일이다.

한 곡의 노래는 한 편의 드라마와 같아서 기승전결이 있다. 작곡가들도 그런 밑받침 위에 멜로디를 만들어나간다. 물론 그런 틀이 획일화되면 또 다른 제약이 될 수도 있다. 그 곡에 가사를 얻고 노래를 만들어가는 가수는 4분의 드라마를 위해 꿈을 꾸고 그 안에서 만남, 사랑, 갈등 그리고 이별까지 표현해야 한다. 그 압축된 노랫말에 온 감정을 몰두하지 않으면 노래의 완성도가 떨어진다. 가수가 한 편의 드라마를 이야기하듯 노래해야, 대중은 그 노래를 듣고 감동을 받을 수 있는 것이다.

노랫말을 쓸 때 기술적인 부분 못지않게 중요한 것이 하나 있는데,
바로 감성이다. 사람들이 대중음악에 쉽게 마음을 여는 것은
그것이 '남의 이야기가 아닌 바로 내 이야기'라는 공감 때문이다.

프로 음악가로 산다는 것 ▬

"노래만 잘하면 훌륭한 가수 아닌가요?"

틀린 말은 아니지만 맞는 말도 아니다. 노래를 잘한다고 무조건 매력적
인 것은 아니다. 노래하는 모습이 매력적이긴 해도 노래를 잘하지 못할 수 있
다. 프로 음악가는 노래를 잘하는 것은 물론 노래하는 모습까지 매력적이어
야 한다.

▶▶

표현법도 마찬가지다. 너무 진부해도 안 되고 남들이 했던 것을 따라 해서도 안 된다. 자신만의 것을 창조하되, 대중의 취향보다 너무 앞서 가도 안 된다. 결국 음악가로 인정받기 위해서는 끊임없이 재능을 갈고닦으면서, 대중들이 원하는 표현법들을 이해하고 그것을 구현해야 한다. 그래야 지지하는 팬들을 유지할 수 있고, 그 힘으로 음악적 생명력을 이어갈 수 있다.

비즈니스는 또 어떤가. 대중의 관심이 음악적 생명력을 끌고 가는 강력한 원천인 음악가의 입장에선 비즈니스도 결코 소홀히 해서는 안 된다. 단지 상업적인 것만을 이야기하는 것은 아니다. 내 음악을 세상 밖으로 내놓기 위한 과정에서 겪는 외부와의 모든 상호작용을 비즈니스라 할 수 있다. 예컨대 앨범을 기획했다면 나와 함께 연주할 연주자를 구하고 그들과 호흡을 맞추는 것 또한 비즈니스의 영역이다. 어디 그뿐인가. 애써 만든 음반을 많은 사람들이 들을 수 있게 만드는 것도 비즈니스다. 그 안에는 함께 일하는 사람들과 원만하게 지내는 것, 인터뷰에서 자신을 제대로 드러내는 방법, 공연에서 보여주는 퍼포먼스, 체력과 외적인 모습을 가꾸는 것 등 수많은 것들이 포함된다.

무엇보다 프로 음악가에겐 사회와 인간을 바라보는 따뜻한 심성이 절대적으로 필요하다. 나의 재능이 돋보이는 것은 그것을 알아주는 대중이 있기 때문이다. 그 안에 살아가면서 사람을 배제하거나 사회를 외면한다는 것은 있을 수 없는 일이다. 요즈음 '소셜테이너Socialtainer' 등의 신조어가 생기기도 했지만, 타이틀이 무엇이든 예술가는 사회적 책임을 분명히 인식해야 한다. 예술은 진실해야 하고 예술가는 진정성으로 세상을 대해야 한다. 거짓과 싸우고, 옳지 않은 일은 거부해야 한다. 예술가라면 특히 더 아프고 시린 현실에 민감해야 하고, 눈을 크게 뜨고 지켜봐야 한다.

이명박 정권이 들어서고, YTN의 언론인들이 낙하산 사장의 취임을 반대하는 시민문화제를 서울역에서 연 적이 있었다. 후환이 두려워서인지 많은 예술인들이 참가를 꺼렸던 모양이다. 그 자리에 초청을 받아 해직 언론인들과 함께할 수 있었는데, 나는 "사회 정의와 언론 독립을 위해 힘겹게 싸우고 있는 YTN을 위해서 나왔다"고 당당히 밝혔다. 올바른 길을 가고 있는 그들에게 내 노래가 조금이나마 힘이 되었으면 좋겠다는 뜻도 전했다. 그리고 이 일로 정부의 미움을 사서 방송 출연이 더 힘들어지는 것이 아닐까 하는 농담 아닌 농담도 했다. 올바른 가치를 행동으로 옮겨야 프로로서 자격이 있다고 믿기에 한 일이었다.

▶▶

프로는 자존심이 보내는 신호를 따라야 한다. 한번은 시청률 40퍼센트까지 기록한 드라마의 테마곡을 불러달라는 제의가 들어왔다. 가수에게 이런 제의는 무척 좋은 기회. 하지만 나는 덥석 받아들이기보다는 곡을 들어본 다음에 결정하고 싶었다. 곡을 받아서 살펴보니 멜로디는 좋은데 노랫말이 영 어울리지 않았다. 가사를 수정하자고 했지만, 음악감독이 가사를 썼기에 수정 불가라는 답이 돌아왔다.

드라마를 위해 쓰인 가사라 해도 곡과 느낌이 안 맞으면, 곡 자체의 독립적 완성도가 떨어진다. 결국 나는 그 노래를 부르지 않겠다고 거절했다. 내가

216

좋아서 하는 것이 아닌, 마지못해 부른 노래를 사람들에게 들려줄 수는 없었다. 소리를 업으로 삼는 음악가로 살면서 비록 손해가 되더라도 프로의 자존심을 버려서는 안 된다는 원칙을 따르고 싶었다.

프로는 또한 타인을 존중하고 귀를 기울이는 것도 잊지 말아야 한다. 언젠가는 유명 드라마 감독이 OST 건으로 보자고 해서 사무실 매니저가 미팅을 하고 온 적이 있었다. 나이도 지긋하신 분이 매니저를 보자마자 거만한 표정으로 "이은미가 그렇게 건방지다며?"라고 말을 하더란다. 그게 무슨 뜻일까? 하라는 대로 하지 않고 건방지게 굴면 불이익이 가게 하겠다는 말일까? 아니면 "너에게 기회를 준 것을 영광으로 알아라"라는 의미일까? 어떤 의도로 그런 말을 했든, 그 사람이 어떤 정신세계를 가졌든, 일면식도 없는 가수에게 노래를 불러달라고 청하면서 할 말은 아닌 것 같았다.

그 감독도 처음엔 겸손하고 타인을 존중하는 사람이었을지도 모른다. 세월이, 그의 위치가 사람을 변하게 한 것이리라. 그가 한때는 프로였는지는 몰라도 지금의 그는 더 이상 프로라고 볼 수 없다는 것이 내 생각이다. 한번 프로는 영원한 프로면 좋으련만 세상은 그리 만만치 않다. 프로는 기능적인 것만을 말하지 않는다. 끊임없이 자신을 다스려야 한다. 세상과 타인을 보는 시선에 늘 따뜻함과 진지함을 유지해야 한다. 대화를 할 때도 자신보다 상대방의 얘기에 집중하는 겸손함을 갖춰야 한다.

오랜 세월 음악가로 활동하며 내가 깨달은 또 하나는 '균형감각'을 유지해야 한다는 것이다. 솔리스트는 무대 위에서 혼자 노래를 부르기는 하지만 그 음악이 탄생하기까지 많은 사람들의 도움이 필요하다. 심지어 혼자 곡을 쓰고, 노래를 부르고, 모든 악기를 다 연주하는 이조차 녹음을 하거나 믹싱을 할 때는 누군가의 도움을 받을 수밖에 없다. 때문에 그들과 원활한 커뮤니케이션을 하는 것이 매우 중요하다. 실제로 이러한 커뮤니케이션을 잘 못하는 뮤지션들이 많다. 예컨대 녹음을 절반 가까이 해놓고 어느 날 갑자기 마음에 안 든다고 버리는 것이다. 음악적 완성도를 추구하는 열정은 충분히 이해하지만 서로 합의한 상태에서 진행한 일을 뒤집는 것은 문제가 있다. 시간적, 금전적 손해도 크지만, 함께 일한 사람들의 다친 마음은 무엇으로 보상해준단 말인가. 그런 일을 막기 위해서는 같이 일하는 사람들과 끊임없이 소통하고 의견을 조율하는 것이 반드시 필요하다.

나는 내가 부족한 게 있으면 다른 연주자나 편곡자한테 조언을 구하고, 기술적인 한계가 있을 땐 외국에 나가서 녹음을 하기도 한다. 이 모든 과정은 작업을 시작하기 전에 계획하고, 초반에 조율하는 것이 내 원칙이다. 그래야 모두에게 좋다.

▶▶

세월의 힘 덕분일까. 다행히 예전에 비해 시행착오가 점점 줄어든다. 물론 음악적으로는 귀가 점점 더 예민해지는 탓에 녹음이 다소 까다롭게 진행되기도 한다. 게다가 귀가 예민해진 만큼 좋은 작품을 만들 수 있으면 좋겠는데, 현실적 여건 때문에 그렇지 못한 경우도 많다. 이를 해결하려면 결국 음악적 감각을 유지하고 키우기 위해 노력하는 길밖엔 없다. 현재 내가 할 수 있는 표현법에서 가장 좋은 것, 그 정수를 어떻게 끌어낼지 고민을 많이 하고 있다.

음악을 하다 보면, 특히 음반을 만들다 보면 이상과 현실 사이에서 엄청난 괴리감을 느낀다. 그 거리를 줄이고 싶다면 치열해질 수밖에 없다. 나에게 부족한 것들을 채우려면 어떤 음악을 연습해야 하는지, 어떤 것들이 필요한지 놓치지 말아야 한다. 음악가로 이름을 알리고 널리 인정받을수록 시간과 힘을 적절히 안배하여 음악적 성장을 위해 꾸준히 노력해야 한다.

음악과 함께 새긴 주름

—

거울 속의 나를 바라본다. 희끗희끗 흰머리가 늘고, 눈가에 잔주름이 도드라져 서글픔이 바람처럼 스친다. 그것도 잠시, 이내 마음을 다잡고 웃는다. 자연스런 흐름을 역행할 순 없으니 말이다. 봄꽃은 지는 것을 두려워하지 않는다. 나도 그처럼 얼굴에 새겨지는 세월의 주름을 사랑한다.

마흔을 목전에 두고 심하게 '나이 앓이'를 했던 터라 나이 드는 것이 두려운 것만은 아니라는 것을 잘 알고 있다. 자연의 모든 것이 그러하듯 나이

들면 잃을 것, 포기해야 할 것이 많아진다. 아름다운 청춘도, 열정적인 무대도 언젠가는 꽃처럼 스러진다. 아무리 애를 써도 붙잡을 수 없으니 자연의 섭리에 순응하게 된다. 음역대도 조금씩 내려가는 것 같지만, 이 역시 기꺼이 받아들이려 한다. 세월의 더께가 쌓인 목소리는 오히려 점점 내가 원하는 소리에 가까워지는 것 같아 고맙기도 하다.

　내 음악도 나와 함께 나이를 먹을 것이다. 음악은 나보다 조금 더디게 나이 들기를 바라고, 더 많은 이들에게 사랑받길 원하지만 그것 역시 내 욕심이다. 시대와 취향은 변하기 마련인데, 어떻게 같은 목소리, 같은 표현이 늘 사랑만 받을 수 있겠는가. 대중이 내 음악에 더 이상 관심을 보이지 않는 날이 온다 해도, 나는 그 또한 자연스런 수순으로 받아들이며 편안하고 행복한 노년을 보내고 싶다. 내 남은 삶도, 음악도 자연스럽게 흘러가기를 바란다. 그 안에서 변치 않으리라 자신 있게 말할 수 있는 것이 하나 있다. 좋은 음악을 만들기 위한 노력을 멈추지 않겠다는 것이다. 나는 더 많은 세대들과 공감할 수 있는 음악을 계속 만들고 싶다.

　최근 로버트 플랜트가 보여주는 멋진 행보를 보면서 나도 그런 노년을 맞고 싶다는 소망을 가졌다. 로버트 플랜트는 한 시대를 풍미한 뛰어난 보컬리스트다. 그는 수많은 명곡을 만들어냈고, 직접 불렀으며, 팀을 이끄는 리더이기도 했다. 지금 그는 환갑이 넘었지만, 추억의 뮤지션 자리를 거부하고 당당히 현재의 뮤지션으로 활발하게 활동하고 있다. 한때 잊힌 듯했지만, 그는 불꽃처럼 타올라 쉬지 않고 음악을 했다. 그의 부활은 흔히 말하는 '노병은 죽지 않았다'의 개념을 뛰어넘는다. 그는 추억에 안주하지 않고 계속해서 여러 세대가 공감할 수 있는 새로운 음악을 만들었다. 표현법, 노랫말, 목소리, 그리고 사운드엔 그만의 연륜이 스며들어 있으며, 젊은 뮤지션들과의 교류도 멈추지 않았다. 그의 지치지 않는 열정이 존경스럽고 부럽다.

로버트 플랜트와 동시대를 살며 같은 길을 가고 있는 사람으로서, 나는 그의 행보가 결코 쉽지 않다는 것을 잘 안다. 사람의 감수성은 나이가 들면 무뎌진다. 이를 극복하기 위해 그가 얼마나 노력을 하고 있는지 어렴풋이 짐작할 수 있다. 늘 새로운 음악을 꿈꾸는 그의 열정은 내겐 저 멀리서 빛나는 희망의 등불처럼 보인다.

나는 꽃이 피는 것을 행복하게 바라보고, 쨍쨍 내리쬐는 여름 햇살을 받으며 곡식이 영글어가는 것에 흐뭇해하고, 지는 낙엽 아래서 추억을 떠올리고, 펑펑 내리는 눈을 보며 내년의 풍년을 기원하는 사람이 되고 싶다. 지난봄, 수선화 향기를 맡아보고 싶었지만 시간에 쫓기다 보니 어느새 꽃은 지고 말았다. 달력 넘어가는 소리에 그저 "벌써 졌네. 져도 한참 전에 졌네" 하며 아쉬워했지만, 그 아쉬운 시간도 내 삶의 일부이기에 후회는 하지 않는다. 낙엽 태우는 냄새를 맡으며 노랫말을 써보고 싶지만, 그러지 못한다 해도 그리 서글프지는 않을 것이다. 나를 따뜻한 눈길로 지켜봐주는 사람들이 있고, 그들과 나를 탄탄하게 이어주는 음악이 있으니 서글플 일이 뭐가 있겠는가. 설령 모든 것이 변한다 해도 묵묵히 받아들이고 싶다. 그러기 위해선 내게 음악이 꼭 필요하다. 음악은 사람을 성장시킨다. 오늘보다 나은 내일, 지금보다 한 뼘이라도 더 나은 사람이 되기 위해 나는 노래한다.

Diva's musician

1. 핑크 플로이드 Pink Floyd
1973년 발매 후 빌보드 차트에 무려 741주간 머물렀던 핑크 플로이드의 명반 'The Dark Side Of The Moon'에 삽입된 곡으로 LP 앞면에 실린 〈The Great Gig In The Sky〉에서 보여준 여성 보컬 클레어 토리Clare Torry의 절규는 음악지식이 깊지 않았던 사춘기 시절의 나에게 충격 그 자체였다. 1990년 '동물원'에서 기타를 담당하던 이성우 씨의 음반에 코러스로 참여했을 때, 클레어 토리의 색깔을 담아내고자 했다.

2. 사라 본 Sarah Vaughan
빌리 홀리데이Billie Holiday의 우수와 엘라 피츠제럴드Ella Fitzgerald의 고급스러움은 언제나 흠모의 대상이었지만 정작 내게 각인된 목소리는 사라 본의 음색이었다. 특히 사라 본의 전성기였던 1950년대에 녹음된, 뮤지컬 영화 〈오즈의 마법사〉 주제가 〈Over The Rainbow〉는 사라 본의 굵은 저음과 아찔한 미성이 돋보이는 재즈 보컬의 교본과도 같은 곡이다. 내가 끊임없이 재즈 보컬에 대한 애착을 보이는 것은 '대가에 대한 존경이며 경배'의 의미일 것이다.

3. 닐 다이아몬드 Neil Diamond
어린 시절 나는 오빠들이 즐겨 듣던 FM라디오에서 흘러나오는 비지스, 닐 다이아몬드, 엘튼 존의 노래들을 귀동냥으로 듣곤 했다. 그리고 3년 전 우연히 접하게 된 닐 다이아몬드의 신보 〈12 Songs〉를 듣는 순간 긴 한숨을 쉴 수밖에 없었다. 아! 보컬리스트란 이렇게 사는 것이구나. 그의 훈시가 온몸 가득 느껴졌다. 그 육중한 존재감에 순간 맥을 놓게 하던, 내겐 묵직한 훈시 같은 앨범.

4. 쳇 베이커 Chet Baker
제임스 딘을 연상시키는 우수에 찬 외모에 퇴폐적인 음성을 가진 불운한 재즈 보컬리스트 쳇 베이커. 그 느린 나른함을 나는 좋아한다. 녹음 스튜디오 한쪽 구석에 무방비로 취한 채 웅크리고 앉아 있을 것 같은 그의 애처로운 모습을 떠오르게 하는 음반을 듣고 있노라면 트랙을 고르는 것마저 부질없다.

5. 앰브로시아 Ambrosia
음악이라는 것을 막 시작하던 때, 이 밴드에 대한 첫인상은 "참 고급스럽구나"였다. 프로그레시브 음악이지만 당시 뮤지션들에게 어필하던 퓨전 재즈적인 요소와 크래시컬한 편곡이 잘 어울려졌다. 보컬의 공명함과 잘 짜인 탄탄한 연주 실력은 고급음악의 징표를 보여준다.

6. 신중현

1997년 신중현 선생님의 헌정음반에 참여해서 〈봄비〉를 녹음했다. 1집 '기억 속으로'
와 2집 '어떤 그리움'이 성공한 후였지만 개인적으로 침체기였다. 선생님 헌정음반에
한 명의 보컬리스트로 참여한다는 것은 좋은 일이었지만 스스로의 음악에 확신이
없을 때라 개인적으로는 참가 이상의 의미는 없었다. 하지만 음반이 발매된 후, 좋은
평가도 이어지고 '역시 이은미'란 소리도 듣게 되면서 내 보컬에 대해 깊이 생각할 수
있는 기회가 되었다.

---

7. 스티비 닉스 **Stevie Nicks**

어느덧 환갑을 넘긴 영원한 집시요정 스티비 닉스는 플리트우드 맥Fleetwood Mac의
여성 보컬 중 하나로 그녀의 〈Dreams〉는 한동안 내 공연무대의 단골 레퍼토리였다.
독특한 분위기를 연출하는 무대매너와 비음 섞인 몽환적인 보컬은 지금도 여전하다.
밴드 시절의 곡들도 좋지만 솔로앨범에 수록된 〈Beauty And The Beast〉의 애절함
은 언제 들어도 고즈넉하다.

---

8. 아레사 프랭클린 **Aretha Franklin**

'소울의 여왕'이란 찬사를 받는 아레사 프랭클린의 데뷔앨범 'I Never Loved A Man
The Way I Love You'는 버릴 것 없이 잘 짜인 음반이다. 그녀의 대표곡 〈Respect〉,
〈I Never Loved A Man〉, 〈Do Right Woman—Do Right Man〉이 수록된 이 음반
은 가수 지망생 이은미의 소울 창법 멘토였고 시간이 지난 지금도 흠모의 대상이다.
내가 꼽는 또 한 장의 명반이 있다면 가스펠 앨범 'Amaging Grace'. 흑인성가단의
파워풀한 화음을 바탕으로 한 〈Precious Lord(Take My Hand)〉와 캐롤 킹의 곡
〈You've Got A Friend〉를 메들리로 엮어 부를 때 보여주는 가스펠과 소울의 조화
는 명품 보컬의 진수다.

---

9. 레이 찰스 **Ray Charles**

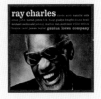

R&B, 소울 계의 여성 보컬에 '아레사 프랭클린'이 있다면 남성 보컬에는 '레이 찰스'
가 있다. "나는 음악을 통해서 세상을 볼 수 있었다"는 그의 독백은 우리를 숙연하게
만든다. 영화 〈Ray〉를 통해서도 알 수 있듯이 미국의 인종차별에 대항하면서도 백인
음악인 컨트리 음악까지 포용하는 그의 스펙트럼은 근시안적인 시각으로 세상을 보
는 우매한 이들에게 '본다는 것'의 진정성을 알려준다. 공교롭게도 영화가 거의 완성
될 무렵 세상을 떠났지만, 다큐멘터리 필름 속에서 대역 배우에게 보여주는 레이
찰스의 한없이 부드럽고 넉넉한 미소는 미국 소울 음악의 대부다운 존재감을 드러
낸다.

---

10. 마리아 칼라스 **Maria Callas**

클래식을 전공하든 대중음악을 하든 마리아 칼라스는 그야말로 넘을 수 없는 산이
다. 이후 수많은 성악가들이 배출됐지만 대부분 "칼라스 이후"일 뿐 "칼라스를 뛰어
넘은"은 아니었다. 그 찬란한 명성 뒤에 늘 그림자처럼 그녀를 짓누르던 독선과 콤플
렉스, 비운의 사생활은 우리의 디바를 한층 더 드라마틱하게 만든다.
자기 학대적인 연습으로 축적된 그녀의 독특한 소프라노는 오페라의 한 곡 한 곡을
자기 체험적 경험으로 끌어올려, 절망과 환희를 관객에게 들려준다. 그래서인지 그녀
의 음반들은 그저 편안하게 들을 수가 없다. 무심코 CD를 걸어놓았다가도 결국에
는 그녀의 감정에 따라 온몸이 뒤흔들린 채 큰 감동으로 빠져들고 만다.

맨발의 디바

ⓒ 이은미 2012

초판 인쇄 2012년 2월 1일
초판 발행 2012년 2월 7일

지은이 이은미
펴낸이 강병선

기획 장윤정 ┃ 구성 류재운 허영미 ┃ 책임편집 김소영 ┃ 편집 주상아 오동규
디자인 이경란 손현주 정연화
마케팅 방미연 우영희 정유선 채유담 ┃ 온라인 마케팅 이상혁 한민아 장선아
제작 안정숙 서동관 김애진 ┃ 제작처 영신사

펴낸곳 (주)문학동네
출판등록 1993년 10월 22일 제406-2003-000045호
주소 413-756 경기도 파주시 문발동 파주출판도시 513-8
전자우편 editor@munhak.com ┃ 대표전화 031)955-8888 ┃ 팩스 031)955-8855
문의전화 031)955-8889(마케팅) 031)955-8870(편집)
문학동네카페 http://cafe.naver.com/mhdn

ISBN 978-89-546-1739-0 03810

* 이 책의 판권은 지은이와 문학동네에 있습니다.
  이 책 내용의 전부 또는 일부를 재사용하려면 반드시 양측의 서면 동의를 받아야 합니다.

* 이 도서의 국립중앙도서관 출판시도서목록(CIP)은 e-CIP 홈페이지(http://www.nl.go.kr/ecip)에
  이용하실 수 있습니다.(CIP제어번호: CIP2012000235)

www.munhak.com